Jovem subjugada por um vampiro

Coleção Dominação Erótica

Erika Sanders

ERIKA SANDERS

Jovem subjugada por um vampiro

Erika Sanders
Serie
Coleção Dominação Erótica

Sinopse

Vladimir é um vampiro que busca uma companheira submissa para acompanhá-lo em sua vida eterna.

Kristina é uma jovem empregada croata que perdeu o namorado recentemente e está arrasada com isso.

Esse amor e sofrimento o fazem notá-la e ficar cativado por seu espírito submisso.

Então ele decide sequestrá-la ...

Jovem subjugada por um vampiro é um romance com forte conteúdo erótico de BDSM e, por sua vez, um novo romance pertencente à coleção Erotic Domination, uma série de romances com alto conteúdo de BDSM romântico e erótico.

(Todos os personagens têm 18 anos ou mais)

Nota sobre a autora

Erika Sanders é uma escritora conhecida internacionalmente, traduzida para mais de vinte línguas, que assina os seus escritos mais eróticos, longe da sua prosa habitual, com o seu nome de solteira.

Indice:

JOVEM SUBJUGADA POR UM VAMPIRO
ERIKA SANDERS

PRIMEIRA PARTE
VLADIMIR

CAPÍTULO I

Vladimir, resplandecente todo de preto, exceto pela gravata de seda vermelho-sangue, olhou com pena para a jovem inclinada sobre o túmulo recém-coberto.

Suas lágrimas amargas e abundantes só serviram para alimentar sua fome crescente.

Seus olhos violetas brilharam na escuridão crescente enquanto ele procurava a ênfase certa para continuar sua busca.

Entediado com o frenesi apressado usual de sua juventude, ele tinha um desejo profundo de se reabastecer com essa beleza torturada.

Seus lamentos de partir o coração excitaram o sangue correndo em suas veias.

Vladimir não hesitou, saindo das sombras.

Kristina estava fora de si de dor.

Seus braços envolveram sua cintura, clamando por Andrej.

O povo da cidade de Split a havia deixado sozinha.

Eles não perdoaram a condenação dela, porque perceberam que ela teve um papel na morte de Andrej.

Kristina e Andrej tinham planos.

Eles devem ter se casado na capela de sua cidade.

Andrej insistiu que ser soldado era uma maneira confiável de ganhar o dinheiro necessário para estabelecer sua nova casa.

Mas com sua morte, seus sonhos morreram.

Sua família era implacável em seu ódio, porque nunca a aprovaram.

Kristina estava tão desesperada que considerou terminar com sua vida.

Então ela poderia estar para sempre ligada a Andrej.

Sentindo uma presença atrás dela, ela ergueu seus olhos cor de esmeralda manchados de lágrimas, emoldurados por seu véu negro de luto, para o homem que pairava silenciosamente acima dela.

Por favor, deixe-me com minha dor. Não tenho nada para te oferecer ". Ela sussurrou roucamente.

No entanto, seu olhar havia se conectado com seu olhar hipnótico e ela não conseguia desviar o olhar.

"Perdoe minha intrusão," sua voz encantadora interrompeu-a, "Eu pensei em oferecer-lhe conforto. Não tive a intenção de ser desrespeitoso."

"Deixe-me, senhor. Eu quero ficar sozinho para lamentar isso."

Sua voz era inflexível, apesar das pequenas dúvidas criadas por aqueles olhos e sua voz.

Kristina olhou para baixo e voltou a se concentrar na pilha de sujeira à sua frente.

Vladimir ficou furioso.

Ninguém, ninguém ousou desprezá-lo tanto.

Essa garota rude!

Sua ousadia vai custar caro, ele jurou silenciosamente.

Ele sentiu suas presas começarem a se projetar, mas agora não era o momento.

Seu sangue fervendo com mais do que luxúria.

Ele estava de muito bom humor, o que era muito raro.

Com um último olhar calculista para sua cabeça baixa, ele se retirou momentaneamente para organizar seus pensamentos.

Ele se fundiu com as sombras mais uma vez para esperar por um momento mais apropriado para voltar para o lado dela.

CAPÍTULO II

Kristina estremecendo enquanto as sombras refrescantes girando ao redor dela lentamente envolviam seu corpo.

Ele largou a rosa branca que segurava na mão no chão, onde Andrej estaria, engolido por toda a eternidade.

As últimas a amá-la, seus pais se renderam no ano passado à febre que havia varrido e dizimado seu povo.

Ele caminhou em direção à casa de sua infância, com passos pesados, com passos lentos.

Ela abriu a porta da frente e subiu as escadas para seu quarto, sem apetite aparente.

Ele não comera há três dias, desde que o corpo de Andrej chegara para ser enterrado.

Kristina se despiu com os mesmos movimentos sem brilho.

Seus olhos cheios de dor se fecharam de alívio.

Suas dores cessaram momentaneamente quando ela caiu em um sono sem sonhos, todas as suas energias gastas em garantir um enterro adequado para Andrej.

Vladimir a seguiu com facilidade, sempre vigilante.

Não detectando nenhuma outra presença na casa, ela esperou que ele apagasse a vela e então começou a escalar agilmente a treliça adjacente à varanda.

Vladimir se arrastou pelo chão, deslizando sem esforço até a cama onde Kristina estava deitada inquieta, se mexendo sob as cobertas, gemendo baixinho.

O luar brilhava forte lá dentro, através das portas abertas da varanda e na cama.

Seus lábios se separaram em um sorriso profano, observando seu peito subir e descer, as fitas de sua camisola desamarradas a ponto de ficarem no topo de seu peito.

Um pequeno crucifixo de ouro rodeava seu pescoço e seu cabelo preto caía sobre o travesseiro.

Estendendo um longo dedo ossudo, ela enganchou a unha sob a borda de renda e a moveu para baixo.

Seus olhos brilharam com apreciação pela carne leitosa sem marcas em exibição, o mamilo rico e suculento e vermelho sobressaindo no ar frio da noite.

Ele inalou o aroma de lavanda que flutuava em sua pele, seu pênis mostrando um lampejo de interesse, mas então esse mesmo interesse diminuindo.

Vladimir sabia que para ficar totalmente excitado, ele deveria pegar um pouco do sangue dela e misturá-lo com o seu.

Ela se inclinou e pressionou os lábios contra o peito, logo acima da aréola.

Soprando suavemente, ele olhou para a coroa do mamilo ainda mais.

Paixões negras explodiram em sua mente, possibilidades competindo entre si pelo domínio.

Enquanto esses pensamentos fluíam em um ritmo assustador, Kristina murmurou 'Andrej'.

Uma palavra.

Vladimir fez questão de apagar a memória de Andrej hoje com todo o seu ser.

E ele nunca quebrou as promessas feitas a si mesmo.

CAPÍTULO III

Vladimir o despiu das armadilhas da humanidade, dobrando seus pertences com cuidado e cuidado.

Ele voltou para a cama e se posicionou em cima das coxas de Kristina, empurrando para frente para afundar suas presas em seu peito.

Kristina acordou com um suspiro assustado, olhando para aquela cabeça escura tocando-a onde nenhum homem a havia tocado antes.

Quando ela moveu as mãos agarrando seu cabelo, Vladimir ergueu os olhos convincentes e a parou sem falar.

Atraída além de sua compreensão pela magnificência de seu olhar direto, ela foi pega como uma mosca em uma teia.

Os olhos de Vladimir vibravam de paixão, ardendo de necessidade impenitente.

'Quem és tu? O que quer comigo?' Kristina chorou baixinho. 'Me deixe em paz! Saia da minha casa! Ou vou gritar!'

O tempo todo, seus pensamentos acelerados a atormentavam sabendo que os aldeões não levantariam um dedo.

"Eu sou Vladimir," ele entoou, casualmente lambendo suas presas gotejantes com a língua. - E estou aqui porque sua beleza e inocência chamaram minha atenção. Eu conheço seus pensamentos antes de tê-los e antes que esta noite acabe, você saberá a paixão que tenho por você. Não se engane, de agora em diante, você será minha para fazer o que eu quiser. Por favor, e será mais fácil para você se der permissão para ser seu dono. "

Vladimir escolheu essas palavras deliberadamente, sabendo que Kristina queria pertencer a alguém.

Kristina soltou lentamente o fôlego.

Ela o viu mover a boca, o viu provar seu sangue.

Agora ela sabia que ele era um vampiro.

Curiosamente, ela não tinha medo dele, nem sentia repulsa por suas ações.

Ela se perguntou brevemente se ele havia lançado um feitiço sobre ela, então decidiu que isso não importava mais.

Ele já havia iniciado o processo de chupá-la e ela sabia que tudo estava perdido.

Arrependendo-se de sua fraqueza anterior de julgamento com a ideia de acabar com sua vida, ele agora sabia que queria viver.

Sua letargia se dissipou e ela lutou contra ele como uma gata selvagem.

Eles brigaram quando ela soube que seu amado Andrej devia ter lutado assim para sobreviver.

Infelizmente, Kristina lutou de forma desigual e foi rapidamente derrotada, mas recorreu a um último ato desesperado.

Com Vladimir firmemente entrincheirado em suas coxas, seus joelhos a segurando no lugar e suas mãos segurando seus braços enquanto se espalhavam sobre sua cabeça, ela recuou e então empurrou para cima em uma tentativa de mordê-lo, seus dentes afundando em seu ombro.

Vladimir sorriu porque Kristina inadvertidamente se vinculou ainda mais a ele.

E em vez de ser capaz de se libertar, ela já era sua posse com aquela pequena troca de sangue.

"Ah, minha beleza energética, você sempre pertencerá a mim" ronronou ele. "Eu sou seu professor de agora em diante."

Vladimir afundou suas presas em seu peito perfeito e retirou-se dela avidamente.

Um fluxo de sangue rico estava se acumulando para descer a colina para o vale entre seus seios.

Movendo-se rapidamente ao longo de seu corpo, ele a mordeu aleatoriamente ainda mais em suas explorações.

Ele não pensava em iniciá-la suavemente.

Fiquei cativado por seu espírito e sua vivacidade.

Ele chutou a colcha para trás com o pé e enrolou o vestido na cintura dela, comemorando por um momento o que descobriu.

Aquelas coxas de seda o esperavam lá.

O corpo de Kristina tremia com necessidades que ela não entendia.

Ela se contorceu sob seu toque de mestre.

Contorcendo-se desatentamente, sua mente estava sufocando com as sensações.

As terminações nervosas formigam repetidamente ao longo de sua extensão, antecipando, consentindo febrilmente com sua amante.

Quando Vladimir afundou suas presas na coxa dela, a parte superior de seu corpo inadvertidamente se endireitou e desta vez agarrando seu cabelo, ele o puxou com mais força sobre a pele pálida.

Aquela pele quente em seu corpo frio foi um alívio bem-vindo.

Bebendo até se fartar, Vladimir selou aquela ferida com uma lambida.

Ele podia começar a sentir o sangue jorrando de seu pênis, ficando mais pesado.

Fazia muito tempo, muito tempo desde que ele perfurou a carne de uma mulher com seu membro.

Ele havia escolhido esta mulher com extremo cuidado.

Agudamente sintonizado com aqueles que experimentam dor, ele a procurou, longe de seus próprios campos de caça normais.

Tendo vivido por mais de seis séculos, ele poderia contar em uma mão quantas vezes ele acasalou.

Ciente de que Kristina não tinha sido fodida por outro homem, ele guiou a mão dela até seu pau inchado e a encorajou a agarrá-lo.

Ela experimentou por alguns minutos, passando as mãos sobre ele, aprendendo sua forma, textura e força.

Encorajada por sua respiração reprimida lançada de maneira áspera, ela o agarrou com mais firmeza, acariciando seu pênis com mais força e mais rápido.

Buscando a aprovação de seus olhos, sabendo que ela o estava agradando pela óbvia dilatação.

Suas mãos encontraram descaradamente um ritmo natural e ele aplicou pressão em diferentes pontos.

Pacientemente, quase com ternura, em silêncio, Vladimir permitiu-lhe essa liberdade.

O conhecimento de que ela era sua por toda a eternidade o fez querer ensiná-la.

Mas com o desejo em chamas, sua paciência logo se esgotou.

Seus dedos exploraram sua abertura molhada, testando sua prontidão.

Ele provocou seus lábios, correndo os dedos por seus cachos, puxando-os, sentindo seu calor.

Kristina se moveu sob sua mão buscando respostas para esses estranhos sentimentos que doíam em seu corpo em lugares desconhecidos.

Envergonhada pela umidade, ela encontrou seus olhos mais uma vez com sua pergunta não dita.

"Kristina, isso é desejo. Este é o seu corpo se preparando para o meu prazer e qual será o seu prazer ".

Kristina não deveria ter ficado surpresa por ele saber o nome dela.

Tornou-se cada vez mais evidente que ele sabia de tudo.

Os olhos de Vladimir brilharam enquanto ele lia seus pensamentos.

Estava pronto, pronto e novo.

Antes de fodê-la, ele iria prová-la.

Ele não era mais imune aos encantos dela, ele não estava mais com raiva, ele ainda estava faminto por fome para saciar aquelas paixões ardentes.

Movendo-se para baixo em seu corpo, ele colocou seus lábios e língua sobre sua boceta.

Ele enfiou a língua dentro, sentindo-a tremer sob e ao redor de seu toque.

Ele moveu sua língua para dentro e para fora dela, aumentando a pressão ainda, os quadris de Kristina bombeando e empurrando naturalmente para encontrar sua língua.

Sem pensar, ela correspondeu às suas paixões.

Justo quando ela estava à beira, ele se afastou para afundar uma presa em seu clitóris.

Ela engasgou quando caiu sobre o limite da paixão e derramou seus sucos em sua língua.

Ele bebeu profundamente, assim como antes contra sua coxa.

Vladimir se alegrou, sentindo seu esperma em sua língua, os sucos escorrendo por sua garganta e aumentando sua ereção.

Isso estava tão fora de controle quanto permitido.

Dominar e agradar a Kristina o emocionou ao infinito.

Ele assistiu ao último orgasmo dela e então olhou em seu rosto.

Ela brilhou ao luar, o desejo desenfreado ainda persistente em seus olhos.

CAPÍTULO IV

Kristina estava fora de si, ainda sem entender o que estava acontecendo.

Seu corpo inteiro estava vivo e formigando e ela tinha que agradecer a Vladimir por isso.

Encontrando uma autoconfiança até então desconhecida, ela corajosamente deslizou pela cama até a boca dele.

Ela capturou seus lábios, mordendo e mordiscando de brincadeira, silenciosamente implorando para que ele continuasse.

Ela envolveu suas longas pernas em volta da cintura dele e o embalou contra seu centro.

Ainda tinha um toque de frio, mas menos do que antes.

Era bom, ele se sentia bem aninhado entre suas coxas.

Ela moveu os quadris ligeiramente, suas paixões longe de terminar.

Vladimir se divertia com suas tentativas flagrantes e inexperientes de deslumbrar, um participante mais do que disposto.

No entanto, divertir-se não significava que ele iria se dar ao luxo.

Ele moveu sua mão para seu pênis e a empurrou totalmente em seu calor, facilmente quebrando e ultrapassando seu hímen.

Ela se opôs sem sinais de luta, fazendo com que Vladimir se movesse com violência e descaradamente, sem inibições.

Ele nunca tinha sido íntimo de uma mulher virginal que tão voluntariamente o convidou para transar com ela sem protestar.

Seu motim anterior foi esquecido em sua busca para torná-la sua, agora ele estava em total submissão.

Enquanto ele acariciava seu pênis em sua vagina, ele também acariciava seu clitóris, sentindo a saliência deixada por sua presa.

Mais quente do que nunca, cada golpe aumenta a temperatura do corpo, com movimentos irrestritos.

Inclinando um cotovelo ao lado dela, ele se abaixou para capturar um mamilo, sentindo-o roçar.

Considerando que ele tinha sentimentos limitados antes, sua mente explodiu em um caleidoscópio de cores.

Este acoplamento excedeu suas expectativas.

O corpo de Kristina se apertou ao redor dele, agarrando-o como nenhum outro antes.

Seus gemidos aumentaram, sua respiração desacelerou para engasgar.

Polido com seu suco, Vladimir sentiu-se expandir ainda mais e sabia que estava perto de gozar.

Com um empurrão final, ele enviou os dois ao longo da borda.

Lamentos agudos de paixão se misturaram.

Vladimir bombeou sem parar dentro de Kristina, a sensação mais próxima de estar vivo que ele experimentou desde sua mudança.

Ele a puxou para perto e subiu por seu corpo, enxugando o filete de sangue entre seus seios antes de continuar para sua boca.

Ele pressionou a boca contra ela com força por um momento antes de suavizar o beijo.

Tenha cuidado para deixar seu pênis onde estava.

Seu acasalamento inicial completo ainda o deixou querendo mais.

No momento, ele se contentou em acariciá-la e sufocar em seus braços.

Tendo dormido o sono dos mortos-vivos por mais de cinco séculos e meio, ele se encontrou curiosamente exausto de uma maneira diferente.

Kristina o abraçou com mais força, abraçando-se tanto quanto podia pela sua querida vida.

Embora tão cansada e esgotada, ela estava energizada por sua união com Vladimir.

Pouco antes de cair no sono, seu último pensamento foi que valia a pena se submeter ao seu vampiro.

SEGUNDA PARTE
KRISTINA

CAPÍTULO V

Acordei assustado.

A luz do sol entrando pela janela aqueceu meu corpo.

Mantendo meus olhos fechados, me estiquei.

Eu senti como se músculos desconhecidos gritassem em protesto.

Imaginando sobre essas misteriosas dores e sofrimentos, abri meus olhos para um ambiente estranho.

A respiração que sibilou da minha garganta fez minha sensação de bem-estar evaporar imediatamente.

Fiz o sinal da cruz sem hesitar, levantando-me e ajoelhando-me para orar a Deus.

Que mal mais foi imposto sobre mim? Eu disse a mim mesmo em silêncio.

Não choveu o suficiente na minha cabeça?

Não recebi resposta.

Enquanto vasculhava a roupa de cama, empurrei-a de lado para encontrar meus pertences e deixar este lugar estranho.

Fugir era a principal prioridade para mim.

Meus movimentos rápidos me deixam um pouco tonta.

Eu agarrei a coluna da cama para me equilibrar.

Olhando para baixo, fiquei impressionado com o fato de que ela estava vestida com uma camisola de tecido branco muito bonita, algo que não era minha propriedade.

Meus medos aumentaram a cada momento que passava.

Meu corpo começou a tremer freneticamente pensando em como vim parar aqui.

Esquecendo meu propósito de encontrar minhas próprias roupas, corri para a porta, tropeçando ao tropeçar na bainha.

Caindo pesadamente contra a porta, arranhei a maçaneta, instintivamente sabendo que estava trancada lá dentro.

Lágrimas de raiva e medo caíram quando enfrentei as implicações de minha prisão.

Virei-me para estudar a janela, percebendo que não havia escapatória lá, mas me aproximei para ver por mim mesma.

Desanimado, caí de joelhos enquanto olhava para o chão a pelo menos seis metros abaixo.

Fiquei assim incoerente e inconsolável até que percebi que meu braço e meus dedos estavam me queimando com a intensidade daquele sol escaldante.

Olhando para baixo, percebendo a pele corada, corri para longe da janela, as memórias da noite anterior voltaram.

Com horror revivi tudo.

CAPÍTULO VI

Vladimir dormia em um ambiente seguro enquanto seu corpo se rejuvenescia.

Ele havia levado Kristina, aproveitando a escuridão da noite, para seu castelo.

Ver sua respiração superficial enquanto ela se aconchegava contra ele sem saber trouxe-lhe uma nova resolução de mantê-la com ele para sempre.

Ele a envolveu na melhor camisola e beijou sua testa.

Satisfeito pelo bem que ele fez por nós dois na tarde passada.

Depois que ele a acomodou em sua nova casa, ela se trancou até o próximo pôr do sol.

Descansar era imperativo enquanto os primeiros raios do amanhecer se espalhavam pelo céu.

Seu último pensamento antes de sucumbir ao doce sonho foi que ele comprou um gatinho com muito tesão!

***

Kristina esfregou os olhos ineficazmente como se quisesse apagar as memórias.

Tudo isso só serviu para reforçar a cegante dor de cabeça que eu tinha.

Sem ter certeza do meu próximo movimento, sentei-me enrolado em uma bola apertada, tornando-me o menor possível.

A tristeza gravada em meu rosto.

Eu lamentavelmente ansiava pelo retorno da minha antiga vida antes que tudo fosse para o inferno.

Eu fiz uma careta em concentração, sabendo que havia algo ou alguém que eu tinha esquecido.

Lutando incessantemente, permaneci ignorante.
Seja o que for, vai voltar.
Eu tinha que manter a esperança.

CAPÍTULO VII

Surpreso por meus pensamentos terem se dispersado tanto, fiquei surpreso ao ver que a escuridão estava se formando lá fora.

Fiquei sentado o dia todo.

Apertado, inacreditavelmente, em minha postura curvada, levantei-me sem jeito, percebendo pela primeira vez a tigela de água no canto da sala.

Rastejei com a intenção de remover um pouco da viscosidade residual.

A viscosidade que eu conhecia estava derramando sangue virgem nas minhas coxas.

De repente, enfurecido com o que havia perdido, eu me lavei furiosamente como qualquer rancor teria feito ao torcer suas mãos sem sucesso.

Sentindo sua presença, indignado com meu cativeiro e vulnerabilidade, me virei para encará-lo.

Deixando escapar um coração que parou de chorar, eu me lancei em direção a ele, as unhas enroladas em seu rosto.

Toda a minha fúria estava centrada em sua arrogância e vaidade.

Vladimir facilmente capturou minha mão e puxou-a para trás, puxando-me para mais perto dele.

Levantando meu peito, eu olhei para ele, pensando em cuspir em seu rosto.

Então pensei melhor, observando sua expressão de granito.

Eu tentei desesperadamente olhar para ele, a arrogância evidente em cada linha do meu corpo.

***

Vladimir riu!

Apreciando seu espírito e pensando que ela era linda em sua fúria.

Sabendo que ela preferia arrancar seus olhos na menor oportunidade, ele sabia que tinha que encerrar esse esforço incansável e inútil imediatamente.

Com a intenção de decantá-la à vontade, ele se inclinou, fazendo com que Kristina se inclinasse para trás.

Um pequeno grito agudo cruzou seus lábios.

Ele lutou em vão, gemendo, a raiva escapando de seu corpo por sua determinação de dominá-la.

Satisfeito por ela perceber seu poder e impotência, isso o fez se endireitar mais uma vez.

Revelando-se, ele afundou suas presas em seu peito, seu crucifixo balançando descontroladamente com seus movimentos bruscos.

Ela logo se acalmou e o deixou beber até se fartar.

Com um brilho ganancioso em seus olhos, ele a encostou na cama, posicionando-a de forma que sua barriga ficasse contra a borda inferior, expondo sua bunda para ele.

Sem cerimônia, ele ergueu a camisola de seu corpo e deslizou seu pau duro dentro dela.

Por sua impertinência ele a fodeu com força, sem se importar se ela estava pronta para recebê-lo.

* * *

Kristina, por sua vez, encontrou-se relutantemente respondendo às investidas dele.

Percebo como estava ficando pronto por causa do suco pingando da minha boceta.

O ataque anterior tinha me excitado, a linha tênue entre raiva e paixão cruzou sem esforço em minha mente.

Com meu braço ainda dobrado atrás das costas e meu corpo dobrado para frente, havia pouco que eu pudesse fazer.

Estava empoleirado na planta do pé para acomodar o pau de Vladimir.

A tensão física apenas aumentou nosso acoplamento.

Envolvendo-o em meu calor úmido, eu o carreguei completamente para dentro.

Cada impulso me trouxe mais perto daquela sensação etérea da noite anterior.

Isso eu me lembrava claramente, o resto da minha vida antes dele ainda envolta em mistério.

Eu podia me sentir desmoronando graças a todo o seu pau latejante, um suspiro de prazer escapando dos meus lábios.

Eu não me importava mais com o que tinha feito antes, já estava entusiasmado.

* * *

Vladimir sentiu Kristina dar as boas-vindas a ele e se abaixou mais uma vez para afundar uma única presa em seu pescoço enquanto ele batia em sua bunda novamente.

A satisfação brilhou nele começando por dentro.

Não querendo danificar sua pele de porcelana, ele colocou a língua onde havia deixado a marca do piercing em seu pescoço, mais uma vez selando-o.

Ele lambeu o sangue de sua presa e soltou seu braço.

Então ele se afastou para permitir a ela o luxo de ficar em pé.

CAPÍTULO VIII

Kristina percebeu que apreciava o gesto e, inconscientemente, encolheu os ombros.

Virei a cabeça e passei a ponta da língua nos lábios.

Fiquei surpreso ao descobrir que estava faminto por mais.

Virando-me, lancei-me contra Vladimir, não com raiva, mas com paixão ardente.

Pegos de surpresa, caímos no chão.

Rindo encantado com a expressão de surpresa em seu rosto, eu curvei meus lábios em um sorriso maligno.

Ele era suscetível a coisas que só ele me fez sentir, experimentar e esquecer.

Pensando em seu pênis na minha boca, movi seu corpo para onde ele estava tremendo.

Ajoelhado entre seus joelhos, meu rosto apoiado em minhas mãos, eu a encarei por um tempo.

A maciez de seu cabelo preto ressurgiu com o meu toque.

Eu espalhei meus dedos por ele, observando coisas interessantes acontecerem com seu pau.

Saliva aparecendo nos cantos da minha boca.

Eu estava faminto por seu sabor e cheiro.

A impaciência percorreu seu corpo por causa da minha suposta inércia.

Deixei meus olhos encontrarem os dele e uma vez que fixei os olhos nos meus, movi minha boca sobre seu pau.

Encantado, preso em seus olhos escuros, olhos cheios de fervor desenfreado.

O frio congelante colidiu com o calor quente instantaneamente.

Nenhum de nós já estava desviando o olhar, celebrando com o desejo correspondente que nos envolvia.

Minha boca quente e úmida o capturando, envolvendo-o.

Comecei a chupar como se minha vida dependesse disso.

Aprofundando meus golpes, minha língua e meus lábios correram descontroladamente enquanto seu pau ficava ainda maior.

Meus mamilos enrugaram enquanto roçavam os lados de suas coxas e o tapete sob nossos corpos flácidos.

Empurrando-o ainda mais com meu olhar e minha boca, eu queria sacudir seu mundo e colocar sua superioridade de lado.

* * *

Vladimir leu com precisão todas as emoções que se refletiram nos olhos de Kristina.

Se ela pensava que ele seria enganado por ela, estava tristemente errada.

Deixando-a ter sua pequena rebelião, ele foi verdadeiramente o vencedor enquanto observava sua cabeça balançar para cima e para baixo em seu pênis totalmente inchado.

Seu cabelo preto caindo livremente sobre suas coxas, suor em seu lábio superior por seus esforços.

Vladimir triunfante ao seu serviço.

E ela estava aprendendo rápido.

"Ela está se transformando em uma boa chupadora de pau, um bônus adicionado à minha vitória", refletiu.

Ele a encorajou ainda mais levantando seus quadris para sua boca ansiosa.

Agitando descontroladamente os movimentos da língua.

Vladimir sentiu a onda final se aproximando, assim como Kristina.

'AAAAhhhhhhhhhhhhhhhhh!'

Seu grito ecoou pelo quarto de dormir.

Droga, isso foi fantástico!

Grandes quantidades de esperma derramadas de seu pênis em sua boca de espera.

Kristina capturou tudo e continuou chupando.

Ele sugou o último fio de sêmen e exalou ruidosamente.

Uma vez que Kristina soube que ele tinha acabado de saciá-la, ela descansou a bochecha contra sua coxa, lambendo as últimas gotas de esperma de seus lábios.

CAPÍTULO IX

Kristina, venha aqui!

A voz estava comandando.

Eu estava dormindo contra sua coxa, meu corpo reagindo imediatamente ao tom peremptório.

Ressentido porque ele falou assim comigo depois do que compartilhamos, eu fiquei onde estava.

Ele não estava aprendendo essa lição de obediência facilmente.

Vladimir suspirou com minha timidez e rolou para o lado.

Ela se levantou graciosamente e se dirigiu para o armário do outro lado da sala.

Quando abro as portas trancadas, vejo o que está armazenado lá.

Fingi indiferença e fechei os olhos.

De costas, estiquei meu corpo languidamente contra o tapete grosso.

Ele deve ter encontrado o que procurava, porque estava mais uma vez ao meu lado.

Plop! Plop! Plop!

Surpresa, me virei, ou melhor, tentei, minhas mãos voando para meus seios nus.

Vladimir tinha montado minhas coxas e quando olhei para cima pude ver o chicote de cabo longo que ele carregava.

Prestes a atacar novamente, sua testa franziu com intensidade e impaciência.

Eu o irritei com minha oposição contínua.

Ele estava esperando o próximo golpe de punição, porque na verdade era um castigo.

Com o medo substituindo essa satisfação, meu sorriso desapareceu.

Meus olhos se arregalaram em suas orbes, sentindo-se perdidos e indefesos, sem uma saída óbvia.

Com minha respiração rápida e calma, eu estava ficando louco!

Ele dançou o chicote ao acaso, batendo levemente contra minha pele, não com força, mas com força suficiente para impor sua vontade à minha insolência.

Eu precisava aprender a humildade e submissão rapidamente ou não sobreviveria quando o chicote me punisse novamente.

* * *

Vladimir estava de mau humor, seus choques distorcendo suas belas feições.

Ele não era violento, apesar de suas tendências naturais.

Ele preferia cativá-la com seu comportamento e charme, mas como último recurso ele faria isso, ele iria exibir essa exibição física de seus poderes.

Para seu desgosto, ele lamentou o ponto que haviam alcançado.

Porém, ele não marcaria sua pele e não tinha intenção de quebrar completamente seu espírito, ele apenas queria que ela ficasse mais atenta às suas necessidades.

Os vampiros também os tinham.

Ele repetidamente cobriu seu corpo inteiro com essas carícias.

Ele empunhava o chicote, com o qual havia muito tempo de prática, até que finalmente o colocou na parte de trás dos pés.

Sua paciência se reafirmando novamente diante de sua conformidade e sua mansidão em aceitar sua supremacia.

Kristina era páreo para ele de várias maneiras, mas não quando se tratava de sua autoridade, sobrepujando tudo o mais, sem dúvida.

* * *

Kristina suspirou quando finalmente largou o chicote.

Talvez submeter-me a ele fosse minha penitência e minha salvação.

Vladimir estendeu a mão para me levantar.

Eu estava grato por isso.

Quando me levantei, emaranhei minhas mãos nas mechas de cabelo em seu peito.

Ele puxou meus cachos de brincadeira por baixo, inserindo um dedo e depois dois esticando-os.

Colocando minhas mãos em seus ombros, abro minhas pernas para me equilibrar.

Capturando meus olhos com os dele novamente, eu senti seu poder, minha respiração aumentou.

Seus dedos deslizam com meus sucos se movendo rápido agora.

Ele rapidamente os levou às nossas respectivas bocas e nós os amamentamos.

Meus olhos se arregalaram enquanto eu testava a mim mesma, aos dele também.

Em seguida, ele desceu para repetir o processo.

Os sucos escorreram pelas minhas coxas, então me contorci contra aqueles dedos querendo ainda mais.

Tremores deslizaram de minha barriga.

Minha boceta latejava e festejava contra seus dedos mágicos.

Enfiando meus dedos em seu cabelo, eu trouxe sua boca para a minha.

Saboreando, coloquei minha língua dentro para lutar contra a dele e imitar o que estava acontecendo em outro lugar.

Deus, foi incrível.

Eu rosnei em sua boca enquanto gloriosamente alcançava aqueles dedos inquisitivos.

Quebrando o beijo, virei meu rosto em seu peito para desfrutar os efeitos persistentes do meu orgasmo.

CAPÍTULO X

Assim que Kristina se recuperou, ele a levou para a cama.

Caindo na cama espalhada, eles começaram a fazer algo que realmente não tinham feito antes deste ponto.

Lentamente, eles exploraram pensativamente os corpos um do outro.

Mãos e lábios em busca de tesouros não descobertos e partes relativamente intactas.

Vladimir rolou Kristina de barriga para baixo, deixando suas mãos livres.

Amassando e moldando os músculos delicados de suas costas, ele a beijou da espinha até a sola dos pés.

Fazendo cócegas nela com a língua, ele a fez colocar um sorriso nos lábios.

* * *

Pensativa, virei-me de costas, gesticulando com as mãos e puxei Vladimir em minha direção.

Fechando meus braços ao redor dele, maravilhada com a força da tensão em todo seu corpo.

Envolvi minhas pernas em volta de sua cintura descansando lá.

Peguei seu rosto entre minhas mãos e apertei seus lábios com os meus, derretendo no beijo.

Encantado com sua fofura, segui em frente.

Sua pele estava impactando na minha.

Eu me movi contra ela, desejando o contato.

A satisfação correu em minhas veias.

* * *

Vladimir estava disposto a seguir onde ela liderasse desta vez.

Seu pênis se agitando contra a umidade contínua de sua vagina procurando a entrada oculta.

Ele roçou o polegar contra seu clitóris causando uma pequena exclamação saindo de seus lábios entreabertos.

Ao receber seu sinal não dito alto e claro, ele relaxou em seu calor.

Movimentos lentos, longos e regulares com o polegar.

Ela moveu os quadris e puxou-o para mais perto de si.

O amor que aconteceu então foi doce e sincero.

* * *

Kristina praticou apertar seus músculos contra seu pau duro.

Pulsando, meus tornozelos o bloquearam em meu calor.

Instintivamente, estendi a mão para mordiscar seu peito.

O pequeno membro agora estava se formando lá entre meus mamilos brincalhões.

Lambendo seu corpo, eu balancei meus quadris.

A alegria pura espalhou-se pelo meu corpo com as respostas de Vladimir.

Aproveitando o impacto que criamos uns sobre os outros.

Sem pensar, sem tempo nem realidade, damo-nos uns aos outros.

"Meu senhor Vladimir, ficarei com você para sempre."

"Kristina, de sua livre vontade, eu aceito sua oferta."

Fechamos nosso negócio pelo resto da noite.

TERCEIRA PARTE
ANĐELKO

38

CAPÍTULO XI

Mais uma vez, Kristina se viu sozinha ao acordar.

No entanto, foi com o pleno conhecimento de ambos que eles foram completamente saciados na noite anterior.

Um pequeno sorriso apareceu em seus lábios enquanto ela se espreguiçava com desejo e saudava o dia.

Seu corpo doía, mas era com uma sensação de bem-estar.

De repente, ela percebeu o que a tirou dos sonhos deliciosos que estava experimentando.

Batidas fortes na porta da frente.

Plop! Plop! Plop!

E uma voz gritou agitada e elevada de raiva.

Pensativa, ela vestiu o manto que Vladimir havia deixado para ela e correu para a janela.

Stankov!

O que o irmão de Andrej estava fazendo aqui?

Ele bateu o punho mais uma vez em direção à porta em frustração e girou na frente do portal.

"Stankov!" Ela gritou em resposta à sua angústia.

Ele voltou seu olhar furioso para o rosto dela.

"O que você está fazendo aqui? Achei que ninguém sentiria minha falta ou viria atrás de mim."

"Kristina! Você está bem?" Sua voz rouca, forte e cheia de alívio. "Eu vim para levá-la de volta a onde você pertence. Goran viu aquele demônio arrastando você para baixo e nós estivemos rastreando você nos últimos dois dias. Vamos, Kristina, o dia está crescendo e devemos partir rapidamente."

Sua urgência se traduziu nela, mas ela sabia que não poderia ser.

Vladimir o espancaria até a morte junto com todos os outros aldeões.

"Você deve parar, Stankov. Agora eu pertenço a Vladimir." Ele torceu as mãos ao dizer isso e torceu para que a apreensão que sentia não se comunicasse com Stankov. "Eu não posso ir com você. Eu me submeti a ele e aceito meu destino."

"Você não pode dizer isso, Kristina! Se você amasse Andrej, não estaria dizendo isso." Ele rapidamente se benzeu. "Você envergonha a si mesmo e a memória do meu irmão. Agora, você vai sair ou eu vou entrar?"

Ela começou a entrar em pânico.

Stankov era teimoso e podia ser violento.

Ele atormentou seu gentil Andrej enquanto crescia, zombando de seus sonhos e zombando dela como sua escolha.

Stankov havia muito decidido que ele a teria e quando ela rejeitou seus avanços, ele ficou furioso.

Stankov até tentou comprometê-la, tentando abusar dela.

Su Andrej, sabendo que a verdade estava do lado dela, defendeu-a.

Isso a levou a ser marginalizada da aldeia.

Oh, ele odiava Stankov ferozmente.

Ele era a fonte de grande parte de sua infelicidade.

Stankov havia incitado Andrej a se juntar ao exército do Kaiser.

Seus olhos ardiam de desprezo.

Ele o usaria de forma egoísta e o entregaria aos amigos.

Ela estava agradecendo a Deus agora que Vladimir a havia encontrado.

Que estranho rumo os acontecimentos tomaram.

A transpiração se formou em seu lábio superior.

Ele teve que pensar e escolher suas palavras com sabedoria.

"Stankov, encontrei um novo lar e desejo morar em paz. Você pode ficar com todos os meus pertences, basta ir e me deixar em paz. Minha decisão está tomada."

Ela tentou apaziguá-lo, o apelo enrolando sua voz.

Stankov era ganancioso; ele poderia continuar com a ideia.

Ele odiava ser tão covarde, mas suas opções eram muito limitadas.

Ele rosnou:

- Isso ainda não acabou, Kristina. Vou voltar e pegar você! Você apenas adiou o inevitável. Sua voz estava cheia de alegria sádica. "E eu vou fazer você pagar por não sair agora."

Ele girou nos calcanhares, chamando Goran.

Ele cambaleou em direção aos cavalos.

Oaf! Ela pensou.

Ele era alto, mas com ombros curvados e cabelo pegajoso e oleoso.

Sua respiração estava ofensiva e seus dentes escurecidos.

No entanto, sua aparência desleixada não diminuiu o poder de seu corpo.

Seu peito e braços ondulavam com músculos e suas coxas eram poderosamente construídas.

Seu passo se alongou, ele deu uma última olhada onde ela estava enraizada.

Ele era o oposto de Andrej, ela suspirou.

Onde Stankov era todo força bruta, Andrej era poesia e beleza.

Oh, realmente como eu senti falta dele.

Ela deixou escapar um suspiro de alívio quando eles saíram, mas agora, ela ficou com suas memórias de Andrej.

Ela chorou silenciosamente, as lágrimas escorrendo pelo seu rosto enquanto ela desabafava.

O riso e a alegria que compartilharam juntos.

A suavidade de seus beijos, tão doces e amorosos.

A dor encheu sua alma mais uma vez com sua perda.

CAPÍTULO XII

Vladimir se mexeu e gemeu em seu sono.

Ele sentiu que as coisas não estavam certas e isso o deixou muito zangado.

Sua mente procurou pelo paradeiro de Kristina, feliz por ela estar em seu quarto.

Ele franziu a testa com as lágrimas dela e ficou frustrado por ser muito cedo para ir até ela.

Ele tentou se conectar com sua mente para buscar suas respostas, mas descobriu que estava fechada para ele.

Isso não deve ser alterado.

Ele ponderou.

Por mais determinada que seja, ela também deve aprender essa forma de comunicação.

Sabendo que não havia nada que pudesse fazer no momento, ele decidiu conservar suas forças e chegar ao fundo disso quando voltasse.

****

Kristina sentiu algo roçar em sua mente.

Distraída por um momento, ela tentou encontrar a fonte de seu desconforto.

A futilidade encontrou seus esforços.

Suspirando, ela enxugou as lágrimas dos olhos e se afastou da janela.

O quarto estava uma bagunça por causa de suas travessuras na noite anterior.

Isso realmente a fez se sentir melhor, lembrando-se de ser amada na noite anterior.

Ela decidiu que era hora de tentar explorar sua nova casa.

Instintivamente e sabendo que iria encontrar a porta destrancada, ela a abriu em um corredor ornamentado.

Oh! Ela respirou.

A magnificência a rodeava por todos os lados.

As molduras que separavam as paredes do teto eram esculpidas em madeira clara.

Escassamente mobiliado com bustos, estátuas e tapetes lindos, o corredor se estendia por toda a casa com portas intercaladas periodicamente.

Sua curiosidade natural surgiu e ele começou a explorar com facilidade.

Espiando dentro dos quartos, ele finalmente encontrou o quarto de Vladimir.

Dizer que era homem seria um eufemismo.

Sua magnífica cama tinha cabeceira e rodapé elaboradamente entalhados.

Seu armário repetiu o mesmo toque escuro que ele usava.

Havia correntes e algemas presas a cada poste.

Hesitante, ele caminhou até eles e passou o dedo em um deles.

A pulseira era feita do melhor couro entalhado do mundo, o interior forrado com a mais macia pele de lobo.

Ela estremeceu com as implicações disso.

Mas ela não tinha mais medo de seu amante moreno.

Aproximando-se do lado da cama, ela levantou um joelho para a colcha e abriu caminho através da vasta extensão para se deleitar com sua sensação de cetim.

Sentindo-se decadente, ele se espreguiçou e se deleitou com a frieza inerente ali.

Sorrindo em êxtase, ela fechou os olhos, imaginando as mãos dele em seu corpo, submetendo-se novamente à sua vontade.

Apesar de sua perda recente, ele sentia que já pertencia a este lugar e odiava deixá-lo.

Enrolada de lado, ela caiu em um sono leve.

* * *

Ao acordar várias horas depois, com os cabelos soltos enrolados em volta do corpo, ele começou a explorá-lo, procurando os lugares que Vladimir mais gostava.

A mão dele permaneceu no peito dela, o mamilo enrugou por um minuto, lembrando a sensação de seus lábios e presas ali.

Ela subiu na ponta dos pés até a barriga e passou uma mão lá, ainda indo mais para baixo, perdida no fascínio das carícias lembradas.

Finalmente, sua mão alcançou seus cachos mais baixos, já ligeiramente úmidos de seus esforços.

Deslizando um dedo contra suas dobras, ela inseriu deliciosamente o dedo com sua crescente excitação.

Fechando os olhos, ele tocou aqui e ali, abrindo-se para a experiência, algo que nunca havia feito antes.

CAPÍTULO XIII

Vladimir, finalmente acordado, interessado nos sentimentos que Kristina estava explorando, ficou feliz em encontrá-la em seu quarto.

Seu corpo vibrou quando ele se identificou com ela tão intimamente, tendo-a provado, ele nunca perderia essa conexão.

Apesar de sua fome insaciável, ele decidiu ir brincar com ela por um tempo.

Ele esperaria até que ela adormecesse todas as noites para ir caçar.

Sua mente ansiava por sua inteligência e sagacidade, quando ela o mostrava.

Seu corpo ansiava pelo dela, tão ansioso para aprender tudo que ela tinha a oferecer, e finalmente, enquanto ele ansiava por transformá-la, ele sabia que não o faria.

Pelo menos ainda não.

Ele gostava de seu calor e sua humanidade, nenhuma das quais ele estava disposto a perder.

Levantando-se, ele correu para seu quarto, ansioso para saborear sua carne jovem mais uma vez.

Abrindo a porta, ele congelou por um momento, observando-se se entregar.

Sua respiração aumentava com cada um de seus golpes.

O olhar de Kristina se fixou no dele e sua ousadia aumentou.

Abrindo mais as pernas, convidando a uma inspeção mais próxima, ela se arqueou sinuosamente para fora da cama, olhando para ele.

Ah, ela pensou, ela está bancando a vadia e a sedutora esta noite.

Ele lentamente estendeu a língua e lambeu os lábios em antecipação.

***

Non era sicura di come procedere, ma a Vladimir non sembrava importare.

Si spostò lentamente e con grazia verso il bordo del letto e iniziò a togliersi i vestiti, impilandoli ordinatamente sulla panca che risiedeva vicino al letto.

Il suo corpo nel tenue bagliore della luce delle candele, che si rivela ai suoi occhi dilatati.

Il suo polso pulsava alla base della sua gola, il suo petto si alzava e si abbassava con i capezzoli induriti, il suo addome teso attirò i suoi occhi per un secondo.

Non aveva mai avuto la possibilità di apprezzare appieno il suo corpo, ma ora si stava prendendo il tempo per assaporare ciò che lui aveva portato e continuò a giocare con se stessa mentre lo faceva.

Le sue cosce potenti e i polpacci muscolosi la incoraggiarono ancora di più, soprattutto vedendo quanto fosse grande il suo pene, completamente esteso.

Si alzò per sdraiarsi contro la sua pancia inferiore.

Il suo Vladimir stava di fronte a lei con orgoglio e senza vergogna, incoraggiandola a vederlo pienamente.

Si voltò lentamente per mostrarle la schiena.

I muscoli che ondeggiavano in tutto il suo corpo al respiro espulso.

Le sue dita desideravano accarezzargli la schiena, rastrellargli le unghie, modellarlo sotto le mani.

Le sue natiche sode, rotonde e dure le tolsero il fiato.

Di fronte a lei di nuovo, si inginocchiò sul letto e si fece avanti sulla sua figura tremante.

Una delle sue dita coprì quella di lei, quella che si muoveva contro le sue labbra sensibili, e si mosse con lei.

Potevo vedere che si stava godendo la macchia di saliva che ora si stava trasferendo al dito.

Con uno sguardo, alzò il dito per assaporare ciò che aveva depositato lì.

Non furono pronunciate parole, nessuna necessaria.

All'improvviso sentirono avvicinarsi un leggero trambusto.

Accigliandosi, con la faccia rapidamente adirata per questa interruzione, Vladimir andò alla finestra e aprì la tenda, per sbirciare.

Si voltò verso di lei, una maschera terribile che la spaventò un po 'per la sua intensità.

"Abitanti del villaggio! Portano torce e croci! Che ne sai di questo, Kristina? Dimmi subito perché non ci sarà sangue se continuano con questo!"

Il veleno usciva letteralmente dalla sua bocca mentre sputava mentre parlava.

"Mio signore." Tremava e gli raccontò rapidamente della visita mattutina di Stankov e Goran.

"Bah! Mi occuperò di questa insurrezione! Devi restare dove sei, mi senti?" Quasi glielo lanciò contro.

Lei annuì docilmente al suo comando.

Si vestì un po 'di fretta e se ne andò, chiudendo la porta dall'esterno.

Quando è successo, è corso alla finestra.

Il suo respiro quasi si fermò mentre aspettava il confronto.

Quello stupido, Stankov, guidava il gruppo che si stava avvicinando rapidamente.

Dal suo punto di osservazione, poteva vedere Vladimir andarsene, con due levrieri della steppa al suo fianco.

Vladimir si preparò imperiosamente per un confronto sicuro.

Alcuni membri del gruppo attaccante hanno mostrato esitazione nei loro passi, ma Stankov si fece avanti con uno sguardo determinato sul volto.

"A cosa devo il piacere della vostra compagnia?" Vladimir eleganza nella sua voce.

Kristina non se lo aspettava.

Aspettava pigramente il gruppo, sembrava ormai indifferente rispetto a pochi minuti prima in camera da letto.

Una mano appoggiata su ciascuna delle teste dei segugi.

"Si rendono conto che il trattato è in vigore da quasi un secolo. Perché romperlo adesso?"

Le sue sopracciglia alzate aggiungevano profondità al significato delle sue parole, piacevolmente come parlava in quel momento.

Kristina poteva vedere la rabbia appena controllata tremare sotto il suo comportamento.

La sua pazienza era stata severamente punita in quel momento.

"Portaci la ragazza, tu! Il nostro accordo era che non interferissi con gli affari del villaggio. Il tuo comportamento abominevole ci ha portato qui. Non me ne andrò senza la ragazza." Stankov sputò per terra.

"Che insolenza da parte di un cucciolo. Stai attento alle tue parole e alle tue azioni. Kristina ora appartiene a me. Non mi importa delle tue attenzioni. Il contratto aveva anche un codice che diceva che se qualcuno come lei mi avesse chiamato, avrei avuto diritto a lei. Per garantire la continua prosperità del tuo villaggio, ne avrei rivendicato uno come mio ogni cento anni. Era giunto il momento. Gli anziani del tuo villaggio che hanno firmato il patto avevano più rispetto! Bah! Vai! Prima che tu abbia motivo di pentirti! "

Kristina trattenne il respiro, guardando la scena che si svolgeva davanti a lei.

Non era altro che un oggetto da scambiare?

Le sue preoccupazioni iniziali per tutte le parti svanirono quando contemplò questa idea.

Ha scoperto che l'idea non le piaceva affatto.

! Dumb Si è rimproverata. Non verrò trattato come tale!

Si guardò intorno in cerca di un mezzo per sfuggire ai confini della stanza, determinazione evidente in ogni passo.

Si vestì e si tirò su i capelli a caso, guardando da ogni lato per avere la possibilità di aprire la porta.

***

Vladimir achou um pouco divertido os pensamentos que passavam por sua mente.

Eu lidaria com eles mais tarde.

O problema imediato era lidar com o motim, e apesar dos grunhidos de garganta baixa de Darija e Roko, o pequeno grupo continuou desafiadoramente diante dele.

Eles foram equipados com forcados, estacas, cruzes e tochas.

A diversão de Vladimir aumentou dez vezes.

Bah!

Ele imaginou que eles tinham ouvido muitas lendas antigas que eram inúteis.

Ele deu um passo à frente e, pela força de sua personalidade, os fez recuar coletivamente, exceto Stankov.

A pura vontade o fez permanecer firme.

O homem era tão burro quanto Vladimir pensava.

"Você não me assusta! Eu quero o que é meu! O que prometi a mim mesmo! Andrej era fraco; ele não sabia como lidar com uma mulher gostosa como Kristina! E eu vou!"

Stankov pisou no chão com uma bota e tentou acertar o rosto de Vladimir com a tocha acesa.

Os cães saltaram no ar e derrubaram Stankov, prendendo-o no chão.

Seus dentes grunhindo mal roçaram a carne de seu rosto.

Mesmo de costas, Stankov olhou desafiadoramente para Vladimir.

"Vocês estão testando minha paciência! Vão todos! Agora! Antes que eu liberte os cães do Inferno! Antes que eu pegue suas mulheres e crianças e as torne minhas servas! Antes que eu amaldiçoe seus campos para Que você fique deitado e morrendo de fome! Eu sou onipotente e vou destruir totalmente qualquer um que se oponha à minha vontade! "

Os olhos violetas de Vladimir pareciam brilhar com uma tonalidade vermelha e ele estava mais pálido do que antes.

Ele descobriu suas presas e deu-lhes um sorriso malicioso.

Pontuando suas palavras sem parecer precisar de nenhum esforço, ele fez Stankov se levantar do chão e levitar em descrença.

Os aldeões largaram seus implementos e correram o mais rápido que suas pernas podiam carregá-los, para nunca mais voltar para a mansão.

Stankov estremeceu violentamente e buscou alívio da dor que percorria seu corpo, como se estivesse coberto de formigas de fogo e atormentando sua carne.

Ele estremeceu e tremia com uma voz cheia de dor que implorava à criatura diante dele:

"Eu vou! Eu vou! Deixe-me ir, não vou incomodar mais!"

"Você incorreu em minha ira, camponês! Você não tem mais liberdade de escolha. Não encontro compaixão por você ou sua situação! Suas intenções para com Kristina não ficarão impunes. Como tal, você está condenado a andar na Terra deste ponto em diante. Momento como um morto-vivo. Impotente. Você ficará vulnerável a tudo o que acontecer com você. Você vai se defender e ninguém vai te ajudar. Repito, ninguém pode te salvar! "

Com isso, Vladimir mordeu seu pescoço, drenando-o até quase a morte, deixando-o pendurado no equilíbrio entre a vida e a morte.

Ele permitiu que Stankov caísse no chão e observou Darija e Roko arrastá-lo com os dentes para fora de vista.

Ele deixou a marca e o cheiro de seu nojo permeando o ar ao redor de Stankov.

Ele sabia que seus companheiros vampiros deixariam alguém como ele para ir sozinho para a condenação.

Ninguém se ofereceria para salvar sua pele inútil.

Com um sorriso satisfeito brincando em seus lábios, Vladimir se virou para lidar com Kristina e sua fúria ardente.

CAPÍTULO XIV

Anđelko, a amada serva de Vladimir, ouviu os gritos de frustração de Kristina.

Ele correu para a porta, ouvindo seu discurso retórico enquanto tentava destrancar a fechadura.

Mas ele hesitou, sem saber ao certo a causa de sua raiva.

"Madame Kristina? Eu sou Anđelko, a serva de Vladimir. Posso ajudá-la de alguma forma?"

"Me deixe sair!" Ele bateu contra a porta em uma explosão de raiva renovada.

"Eu não entendo o que aconteceu aqui e não vou incorrer em agravar a ira do Mestre Vladimir." Ele disse simplesmente. "Tenho certeza que quando o Mestre Vladimir tiver lidado com a insurreição em sua porta, ele a verá novamente."

"Você vai me deixar sair agora, Anđelko! Eu não sou um pedaço de carne pelo qual os cães podem lutar! Seu mestre tem muito a responder!" Kristina continuou batendo na porta.

"Ah ... aí vem o Mestre!"

Anđelko ficou aliviado, apesar de ver as brasas acumuladas de nova raiva ainda presentes no rosto de Vladimir.

Ele se curvou silenciosamente e se dirigiu à cozinha para preparar uma refeição leve para eles.

Vladimir reconheceu Anđelko, colocando a mão em seu ombro em camaradagem e piscando para ela.

Anđelko riu silenciosamente, sabendo que Kristina iria receber uma repreensão por seu comportamento, ou seria o contrário?

Vladimir entrou na sala e imediatamente levantou a mão para afastar os vários objetos que Kristina estava jogando contra ele.

Seu corpo se contorceu em diversão com sua raiva.

Como ele amava vê-la assim.

Quase como uma Valquíria vestida para a batalha.

Seu cabelo girou ao redor dela sem inibição.

Sua postura plantada enquanto ela descuidadamente se aproximou dele para jogar os objetos nele.

Seu peito arfou, orbes espreitando por cima de seu manto.

Sua pele estava vermelha e sua respiração difícil.

Vladimir percebeu tudo de relance.

Num momento ele estava de costas para a porta, no próximo ele tinha Kristina presa em seu peito.

"Aargh! Como você fez isso? Besta! Criatura demoníaca! Você mentiu para mim! De que pacto você falou? Eu quero ir embora imediatamente! Você não tem o direito de me manter aqui!"

Ela se debatia com paixão e vigor renovado, tentando sair de seus braços.

Seus primeiros sentimentos de ternura por ele foram esquecidos em sua raiva.

Vladimir realmente ergueu os olhos para o céu por um momento, rezando por paciência.

Ele não tinha se esquecido de como fazer, já que era um homem devoto antes de sua transformação.

E um teste para sua paciência era ela agora.

Ele a sacudiu suavemente, capturando seus olhos com os dele.

"Você deve desistir disso, Kristina, imediatamente! Vou lhe contar tudo, mas essa atitude acaba agora. Agora, acalme-se e ouça o que tenho a dizer."

Kristina olhou para ele com desconfiança, o peito ainda pressionado contra Vladimir.

Isso causou uma contração menor que ele ignorou por enquanto.

Ele agarrou a mão dela e a conduziu em direção à porta, para sua surpresa.

Eles caminharam pelo corredor até a grande escadaria que Kristina não teve a chance de explorar antes, e então entraram na sala de jantar.

Vladimir ajudou Kristina a se sentar em uma cadeira e rapidamente foi até a dela.

Anđelko silenciosamente serviu-lhes uma refeição fria de vinho e retirou-se para a parede oposta para esperar mais instruções.

Kristina olhou para Anđelko atentamente e pela primeira vez, um flash de memória cruzou seu rosto.

Parecia vagamente familiar, mas ele não conseguia identificá-lo.

Anđelko, por sua vez, moveu-se inquieta com a franqueza em seu olhar esmeralda.

Ele se perguntou se Vladimir estava pronto para falar sobre tudo.

Ele não tinha certeza se gostaria da mudança que ela poderia experimentar se soubesse quem ele realmente era.

* * *

Kristina estava olhando para ele e viu um homem alto, mas um pouco mais baixo que Vladimir.

Anđelko tinha olhos azuis claros com íris azul marinho, cílios longos, não normalmente encontrados em um homem, maçãs do rosto salientes e proeminentes e um nariz ligeiramente torto por ter sido quebrado quando jovem.

Seus lábios eram carnudos, com rugas de riso nos cantos da boca.

Ela tinha longos cabelos loiros cacheados que roçavam sua nuca enquanto caíam por suas pequenas costas.

Seus antebraços foram construídos poderosamente com base no que ela podia discernir ao vê-los sob suas mangas arregaçadas.

E a camisa branca de gola aberta caía graciosamente em suas calças simples de camponês.

Seu corpo traiu seu rico passado de camponês, mas ele era bem proporcionado.

"Cristina". Vladimir respirou fundo para chamar a atenção de Anđelko. "Tenho vivido muito e bem, embora às vezes esteja sozinho. Ao procurar uma maneira de matar minha sede, os aldeões sentiram que o número de pessoas estava diminuindo. Em um esforço para concordar, concordei em evitar ser indiscriminado em minhas relações com eles. e eles por sua vez concordaram em me dar proteção durante o dia. Então, eu viajei mais longe para atender às minhas necessidades e essas viagens forneceram a minha amada Anđelko e espalhei a palavra de que eu ficaria ileso. Este é o pacto pelo qual eu Aquele idiota do Stankov. Também continha uma cláusula dizendo que, se minha necessidade de companhia surgisse novamente, eu estaria livre para buscar tal companhia entre os aldeões se limitasse a uma vez em cem anos. Nosso acordo foi benéfico para todos. "

"Por que você não sabia sobre esse pacto? E por que eu?"

"Eu não sabia que os aldeões mantinham o conteúdo em segredo. Como a família Stankov ansiava por uma posição de autoridade e era a autora do pacto, eles poderiam tê-lo mantido para evitar conflitos. Quanto a você, sua dor cantou em meu coração. Foi simples assim. E foi o momento em que apreciei uma amizade como a que você me deu. "

Kristina lentamente refletiu sobre isso.

"Muito bem, posso aceitar isso pelo seu valor nominal. Você realmente me ajudou muito ao me trazer aqui. Não sei quanto tempo eu teria sobrevivido por conta própria. Andrej era tudo para mim e ao perdê-lo ... eu não tinha mais vontade. continuar ".

Ele soltou um longo suspiro e afastou os fios de cabelo do rosto.

O coração de Vladimir deu um salto ao vê-la, seus movimentos e sua aceitação.

Aceitação simples.

Isso reforçou que ele escolheu sabiamente e que ela era uma mulher para ficar ao seu lado.

Ele sorriu ligeiramente antes de continuar.

"Anđelko fazia parte do meu relacionamento com os aldeões. Ele realmente se ofereceu e o motivo pelo qual ele parece um pouco familiar para vocês é que ele é o trisavô de Andrej. Ele decidiu ir embora, ele escolheu entrar no serviço em um esforço para evitar contendas. E medo de que outra pessoa o fizesse ou de que uma loteria fosse realizada. Ele foi um homem corajoso e eu o prezo de todo o coração. Ele havia perdido a esposa anos antes e seus filhos haviam crescido. Ele foi um companheiro inestimável para mim e você também. você deveria tratá-lo como tal também. Não quero ser duro com você, mas neste ponto estou firme. Kristina. Você me entende?"

Kristina respirou fundo mais uma vez ao ouvir isso.

Ele estudou Anđelko com renovado vigor, fazendo o homem corar.

"Como ele está vivendo, Vladimir? Como ele está parado ali diante de nós como um jovem corpulento, se ele é um parente distante de Andrej?"

Anđelko se adiantou para responder.

"Sra. Kristina, Vladimir me tornou sua serva de todas as maneiras possíveis, até mesmo me usando como um doador substituto ocasionalmente. Ao fazer isso, ela me deixou sem envelhecer e eu preservo minha juventude. Tive o privilégio de observá-la de longe e vi como você estava com Andrej. Fiquei satisfeito por meu senhor ter escolhido tão sabiamente. Sua própria gentileza e amor por ele eram evidentes. Seria uma honra saber que você tem a proteção de Vladimir. Andrej muitas vezes se perguntava se ele poderia ser útil para ele. Vladimir, mas ele entendeu que este não era o seu caminho na vida. " Anđelko explicou gentilmente a Kristina.

Ela ficou chocada mais uma vez.

"Andrej não compartilhou nada disso comigo. Eu não tive notícias de Vladimir além dessas duas noites em diante. Tenho o prazer de conhecê-lo, Anđelko. E obrigado por suas amáveis palavras." Kristina continuou a encará-lo com espanto, vendo alguma semelhança da família com Andrej, as partes que haviam passado junto com Stankov.

* * *

Anđelko sorriu amorosamente para ele.

Ela também era digna de seu Mestre.

Seu espírito era apenas páreo para ele.

Anđelko estava feliz com o desenrolar das coisas, já que conhecia o destino de Andrej há algum tempo.

No entanto, o papel de Kristina só estava ficando claro para ele.

Mas com o tempo, se assim fosse, ela se apaixonaria pelo Mestre e ele não poderia pedir mais nada.

Ele esperava que ela ficasse, mesmo que apenas pelo dinheiro, já que Vladimir ficava entediado facilmente e precisava ser provocado de vez em quando.

Anđelko agora sorriu com isso.

* * *

Kristina voltou seu olhar para Vladimir.

Ela olhou para ele com cuidado, testando sua determinação.

Pesando seus pensamentos, ele se aventurou.

"Tudo bem. Como eu disse antes, posso aceitar o que está acontecendo. Posso até aceitar que Andrej não compartilhou isso comigo. No entanto, tenho algumas perguntas."

Vladimir arqueou uma sobrancelha ao ouvir isso, imaginando para onde sua imaginação fértil estava correndo agora.

Ele esperou pacientemente que ela começasse.

"Como quiser, querida. Pergunte sem problemas."

"Qual é o meu papel? Quero dizer, além de ser seu amante, eu tenho algum propósito?"

"Você pode ser o que quiser, Kristina. Você pode apenas estar ao meu lado, mas vou cuidar bem de você e te adorar como você deve ser adorado."

Pequenos batimentos de paixão percorreram seu corpo ao ouvir isso.

Vladimir encontrou seu caminho para a corrente sanguínea e isso a fez se sentir um tesouro.

Ela suspirou com saudade.

"Então eu desejo o que Você deseja para meu Senhor. No entanto, eu sou hábil nas artes medicinais e desejo continuar servindo aos aldeões. Apesar de toda a animosidade recente, eu ainda tinha permissão para tais atenções. Isso seria apropriado?"

"Sim, você pode cuidar dos aldeões. No entanto, como Stankov claramente não pode descansar em seu propósito, eu exigiria que Anđelko participasse de suas visitas com você. Isso não é negociável, Kristina."

Kristina respirou expressivamente diante de sua disposição elevada, mas capitulou.

Ele não tinha vontade de enfrentar Stankov novamente.

"O que aconteceu com Stankov, Vladimir?"

"Ele está em um estado de fluxo, no qual permanecerá. Nem completamente neste mundo, nem no meu mundo. Ele foi despojado de seu eu mortal e ainda assim caminhará entre seu povo mais uma vez. Ele perderá seu status dentro do vila de Split e será difícil para ele se sustentar. Ele foi condenado a isso não por causa de sua tentativa de me desafiar, mas por causa de sua ganância inabalável em querer se possuir. Ele pode saber alguns dos pensamentos de seu coração sombrio, mas eu não os conheço. todos ".

Vladimir odiava revelar tanto sobre ele, mas sabia que Kristina persistiria em saber toda a verdade.

* * *

Kristina ficou um pouco preocupada com a notícia, mas então assentiu.

Que escolha ela realmente tinha?

O julgamento foi realizado e até Anđelko concordou.

Os pensamentos passaram por sua mente com a situação e ela se perguntou o quão longe os dois homens, vampiro e servo, haviam planejado para o futuro recente.

Sabendo que não poderia mudar o que haviam feito, ele mudou de orientação mais uma vez.

Ele pegou sua comida pensativamente enquanto procurava coragem para fazer sua próxima pergunta.

"Devo ser como você, Vladimir?"

Ela disse isso com tanta pressa que realmente saiu como eu, como o seu Vladimir?

Vladimir disse muito naturalmente:

"Resta ver, Kristina. Você vai tomar essa decisão, não eu. Já que eu mesmo tenho duas opiniões sobre o assunto, vou cumprir seus desejos. No entanto, deixe-me reiterar que você sempre pertencerá a mim. Sua libertação virá com sua morte natural ou se outra pessoa derrote-me em uma batalha por você. Se você permanecer mortal, o perigo abunda. Tenho inimigos poderosos que usariam você para me atacar. Se eu o levar a se converter completamente, o risco diminui, mas permanece. Pense nisso, meu amor, eu sei disso qualquer decisão que você fizer será nossa."

Vladimir curvou-se educadamente para ela ao dizer isso.

Os olhos de Kristina se voltaram para as possibilidades diante dela.

Ele sabia que ainda seria de Vladimir, parecia predestinado.

Ela não tinha certeza de como ela sabia, mas essa criatura de olhos violeta a hipnotizou como nenhuma outra, até mesmo Andrej.

Ela não sentia deslealdade para com Andrej por isso, pois sempre o amaria.

No entanto, este homem antes dela cativou sua mente, corpo, alma.

Ela se sentia viva de maneiras que ela nunca soube que poderia existir.

Sim.

Ela tinha muito o que refletir e teria mais perguntas, mas por enquanto, ela estava contente em sentar e absorver tudo o que foi revelado a ela.

QUARTA PARTE
MARKOVIC

CAPÍTULO XV

Mais tarde naquela semana, no final da tarde, Kristina decidiu dar um passeio com Anđelko como acompanhante.

Ele tinha aceitado a ideia de poder sair, apesar dos perigos inerentes descritos por Vladimir.

Ela estava meio dançando pelo caminho levemente coberto de mato que levava à floresta circundante enquanto Anđelko pacientemente a mantinha à vista enquanto ela saltava casualmente.

Eles encontraram uma clareira na floresta que fez Kristina olhar para ele com admiração.

Ela começou a juntar margaridas para amarrá-las juntas e logo Anđelko estava usando uma linda coroa delas, além de Kristina também usar um colar e uma coroa.

"Anđelko, por favor, me fale mais sobre seu tempo com Vladimir. Na verdade, estou curioso."

Ela olhou para ele inocentemente por baixo dos cílios, enquanto uma margarida cobria parcialmente um olho esmeralda.

"O que você quer saber, garota? Eu o amo, estou em dívida com ele e tenho orgulho de ser seu amigo." Anđelko afirmou enfaticamente.

"Como é saber que todas as pessoas que você amou morreram desta vida?" Ela disse isso melancolicamente, com lágrimas nos olhos.

Anđelko parecia ligeiramente desconfortável com as lágrimas, não querendo causar-lhe dor.

Ela amava Kristina desde a semana passada, já que Vladimir a cativou completamente e ela estava se adaptando muito bem ao novo ambiente.

Na verdade, ela parecia adorável sentada ali com o sol minguante aquecendo seu rosto, um olhar de satisfação nele.

Seu cabelo estava trançado para trás em uma coluna elegante que adornava seu pescoço até o meio das costas.

Ele o cobriu com um lenço de cores vivas para proteger um pouco do calor do sol.

Ela era uma boa menina e já havia trazido felicidade para sua casa, e por isso ele estava muito grato.

"Filha, eu vivi minha vida como parecia apropriado." Ele começou. "Eu estava de luto por vários anos antes de o convênio ser promulgado. Eu amava profundamente meus filhos e netos e os filhos de seus filhos, mas minha vida estava muito vazia sem minha amada Lucija. O sol nasceu e ela se deu bem com ela, ela nunca disse uma palavra ruim para ninguém e vê-la ir embora lentamente dia após dia rasgou meu coração. Uma febre invadiu a cidade, bem como a que tirou a vida de seus pais e enquanto eu a via afundar ainda mais No fundo da doença, percebi o que estava perdendo. Fiquei muito zangado com Deus porque ele bateu em uma pessoa tão gentil como ela em toda a sua bondade. E por um tempo me tornei um trapaceiro bêbado, até que Mestre Vladimir chegou. "

Kristina ficou fascinada com a história de Anđelko e prestou muita atenção a ela.

Ela viu as emoções fugazes cruzarem seu rosto enquanto ele contava sua história e se contorceu impaciente quando ele parou para tomar um gole de água do frasco ao lado dele.

"Mestre Vladimir rapidamente percebeu minha infelicidade, embora não tenha dito nada. Estávamos sentados em frente a uma fogueira, martelando os detalhes do pacto e eu não conseguia tirar os olhos dele. Ele me hipnotizou com sua graça, fala e na sua movimentos corporais fluidos. Ele foi personificado pela graça. Eu finalmente me aproximei dele e humildemente pedi para servi-lo. Ele prontamente concordou e uma vez que a aliança foi selada com sangue, eu disse adeus à minha família e viajei com ele para a mansão. " Anđelko suspirou. "No início não foi fácil estar em sua presença. Eu, um simples camponês rodeado de toda a beleza e elegância de seu mundo. Ele sempre foi paciente comigo, até o dia em que eu ..."

Anđelko parou ao som inesperado de passos.

Cautelosamente, ele se levantou e ficou nos quadris na frente de Kristina.

Ele sentiu o mal de uma presença se aproximando e estava preparado para lutar até a morte, se necessário.

Ele não arriscaria Kristina, sua vida ou sua honra fazendo menos do que isso.

A malevolência permeou a clareira enquanto eles esperavam na expectativa tensa do perigo que se aproximava.

A criatura que se libertou da folhagem circundante tinha pelos na parte de trás do pescoço eriçado.

Stankov! Kristina pensou com um estremecimento, ou melhor, o que restou dele.

Ele estava mortalmente pálido, com um brilho selvagem nos olhos e parecia imune ao sofrimento dela.

Suas roupas estavam em farrapos e seus sapatos estavam caindo aos pedaços.

Ele olhou para Kristina com apreciação, uma expressão de desejo evidente em seu rosto.

Ao seu lado estava uma bainha que continha uma longa espada embainhada.

Lentamente, acariciando, sua mão brincava com o cabo, quase como um amante.

Seu hálito pútrido cruzou facilmente o outro lado da clareira, fazendo Kristina estremecer.

Anđelko nunca olhou para ela, preferindo manter contato visual com Stankov.

Ele empurrou Kristina ainda mais para trás e sussurrou que se ela caísse, ela correria como o vento em direção à mansão.

Ele enviou um apito agudo para chamar Darija e Roko na esperança de que eles chegassem logo.

Eles estavam descansando no pequeno celeiro quando saíram para uma caminhada até a clareira.

Quando Anđelko assobiou, Stankov tapou os ouvidos e gritou de dor.

Suas feições se torceram ainda mais em uma massa grotesca deformada que dificilmente se parecia com o Stankov de antigamente.

Então ele desembainhou a espada e deu um passo à frente.

"Cara, eu não sei quem você é, eu só quero a garota. Dê ela para mim e eu deixo você viver."

Stankov atingiu o ar à sua frente, avançando sem parar.

Ele mancava acentuadamente, mas isso não parecia impedi-lo.

"Não! Você arriscou a ira de Vladimir mais uma vez. Você verá como ele o coloca em seu lugar por sua contínua insolência para com ele e seu povo!"

Anđelko parecia indiferente às suas exigências.

"Um último aviso, velho. Mova-se ou morra. Não me importa o que você escolha. Pessoalmente, eu adoraria receber alguma retribuição ... então será a morte!"

Anđelko sentiu a lâmina cortar o osso de seu antebraço.

Sua camisa branca absorveu o líquido vermelho que emergiu quando jorrou.

Stankov não desferiu um golpe fatal, mas claramente incapacitou Anđelko, que cobriu o ferimento com a mão livre.

Kristina viu sua chance de confrontar Stankov e proteger Anđelko.

Ela corajosamente deu um passo à frente.

Stankov colocou a lâmina de sua espada em seu pescoço.

Kristina respirou com cuidado, apesar de seu peito arfante.

"Stankov, este homem é o seu bisavô Anđelko! Pare imediatamente, está me ouvindo? Não vou me submeter a você, mas gostaria que ele não morresse."

Stankov permaneceu sem fala e moveu a espada para o topo de seu ombro e habilmente cortou a fita que prendia a blusa no lugar.

A blusa estava dobrada de lado sobre seu peito arfante, expondo um pouco de sua pele cremosa.

Kristina tentou manter a expressão de nojo no rosto sem sucesso.

Stankov riu ameaçadoramente e foi cortar o outro lado no momento em que Darija e Roko silenciosamente pularam em suas costas, fazendo-o cair para frente.

Com a espada estendida à sua frente, ela não desferiu um golpe fatal, mas os cães estavam fazendo o possível para destruí-la.

Justo quando Kristina pensou que certamente o separariam, uma segunda figura saiu das sombras.

Ele ergueu a mão e os dois cães colidiram as cabeças um com o outro para ficarem juntos, sem sentidos, de lado.

"O que temos aqui, Stankov? Vejo que você está certo! Reconheço o servo de Vladimir, Anđelko!"

A criatura cuspiu no chão e avançou mais para dentro da clareira.

O que antes parecia um paraíso e um refúgio seguro para Kristina foi destruído pelos acontecimentos.

Ela se encolheu e recuou em uma tentativa inútil de afastar o estranho.

Anđelko gemeu de desânimo.

Este homem, este vampiro, esta criatura profana da noite, era o inimigo jurado de Vladimir.

Conde Stjepan Vanjavich Markovic!

O que ele estava fazendo aqui? ele pensou impassivelmente enquanto o sangue continuava a escorrer de seu braço.

Ele se equilibrou em um esforço para permanecer consciente.

Markovic era conhecido por estar rondando o campo montenegrino.

Ele era um homem imponente, mais alto do que a maioria de seus compatriotas, com feições aquilinas e lábios finos que mal cobriam suas presas.

Seus dedos estavam espetados e alongados e sua postura era elegante.

Seu terno era feito de seda fina e feito sob medida devido à riqueza que possuía.

Seu longo cabelo escuro estava preso em um rabo de cavalo apertado na base do pescoço e seus olhos eram de um castanho caramelo sem alma.

Stankov se levantou devagar e se voltou para seu novo professor para obter sua aprovação para cuidar dos dois à sua frente.

Ele gemeu baixo em sua garganta por suas novas feridas, mas ele sabia que seu Mestre iria tratá-las no devido tempo.

Foi puro acaso que ela conheceu Markovic!

Se não fosse por ele, teria congelado ao ar livre, tal como o deixaram.

Markovic o persuadiu a se curar temporariamente até que recuperasse as forças e foi o que fez.

Ele jurou lealdade a Markovic e, em troca, Markovic ficou feliz em encontrar um novo método para atormentar seu odiado rival.

Kristina prendeu a respiração diante do rosto dele.

Ele era bem formado, mas aqueles olhos estavam mortos para ela.

Eles a varreram brevemente e a catalogaram da mesma maneira que uma não-ameaça.

Ela estava profundamente ressentida com ele, porque ele fazia isso por Stankov, embora ela não soubesse seu propósito completo.

Ela correu para o lado de Anđelko em um esforço para ajudá-lo a estancar o sangramento abundante.

Ele agarrou seu lenço e criou um torniquete logo acima do local da ferida.

Ela estava tão focada em ajudar Anđelko que não percebeu que Stankov estava estendendo a mão para acariciar sua bochecha.

Ela deu um tapa na mão dele, concentrando-se em sua tarefa.

Ela sentiu a força do reverso que a deixou atordoada e olhando fixamente.

Antes que ela tivesse chance de reagir, Stankov a envolveu em um abraço como um urso e foi com ela para a escuridão da floresta.

CAPÍTULO XVI

Vladimir se viu totalmente acordado em um vórtice de raiva com a cena que se desenrolava em sua mente, devido ao seu vínculo com Anđelko.

Ao sair da mansão e chegar rapidamente à clareira, encontrou Anđelko quase inconsciente e Kristina desaparecida, nenhum lugar para ser encontrada.

Pegando seu velho amigo nos braços e vendo sua vida escorregar pela perda de sangue que escorria por suas roupas, Vladimir abriu o pulso para colocá-lo delicadamente na boca de Anđelko para permitir que ela se alimentasse.

A rica nutrição imediatamente viajou para o local da ferida, fazendo com que ela começasse a se fechar, embora houvesse uma breve dor de seus poderes de cura.

Como o efeito do ácido carbólico derramado, a ferida borbulhou por um momento e o resultado venenoso foi expelido do corpo de Anđelko.

Vladimir tirou o torniquete improvisado de Kristina e o colocou no bolso, grato por sua rápida intervenção para estancar o sangramento.

Anđelko ficou ofegante por alguns momentos nos braços de Vladimir, recuperando suas forças.

Enquanto Vladimir tirava a boneca de sua boca e fechava a ferida, para permitir seu próprio processo de rejuvenescimento.

Anđelko ficou completamente arrasada com o desaparecimento de Kristina, não com seus ferimentos.

Ele permitiu que sua mente se abrisse para Vladimir para que ele pudesse ver todo o encontro livremente.

- Meu amigo, você não falhou em suas responsabilidades para comigo. Você lutou bravamente para proteger Kristina. Vladimir falou diretamente à mente de Anđelko.

"Você sabe que Markovic está de volta agora. Mestre Vladimir, ele jurou matá-lo em seu último encontro! Agora ele está com a Madame Kristina. Eu não suportaria que algo acontecesse com ela! Eu a amo como uma filha e ela trouxe paz e felicidade já que ela está em casa. "

Anđelko abaixou a cabeça em contínua vergonha, esquecendo que a coroa de margaridas ainda pendia, dançando, de sua testa, um tanto incongruentemente na cena de sangue e destruição ao redor deles.

Apesar da gravidade da situação, Vladimir se permitiu um olhar relaxado para confundir os olhos enquanto examinava os suprimentos de Anđelko, incluindo as margaridas.

Ele contatou Darija e Roko com simpatia e procurou em seus corpos por feridas que precisassem de atenção.

Cada um teve um golpe na cabeça onde colidiram, mas logo se recuperariam.

Outro pecado que Markovic pagaria.

Seus cães eram seus amados animais de estimação e ele os mantinha em boa posição.

Ele tomou sua decisão.

Ele permitiria que Darija e Roko se curassem naturalmente na clareira e levaria Anđelko para a mansão onde o resto de seus problemas poderiam ser resolvidos muito melhor do que lá fora.

Rapidamente, ele pegou Anđelko e o carregou para a mansão, depositando-o confortavelmente em seu quarto espartano e saindo novamente.

Ele voltou para a clareira, onde Darija e Roko já estavam se mexendo.

Vladimir fez uma pausa para olhar mais de perto o campo de batalha, usando seus sentidos aguçados para qualquer coisa que ele perdesse.

Ele silenciosamente tocou o pedaço de pano em seu bolso como uma conexão com sua Kristina.

Seus olhos procuraram o caminho que Stankov havia percorrido com a relutante Kristina a reboque.

Por mais que tentasse, ele não conseguia se relacionar com ela.

Ela estava nas primeiras fases de aprendizagem desse processo, mas ainda não havia concluído a tarefa.

Em parte porque estavam perseguindo outros objetivos mais agradáveis.

Vladimir repreendeu-se momentaneamente por esta situação e, com a mesma rapidez, redirecionou suas energias para obter mais pistas.

Seus olhos violetas viram um pequeno objeto perdido na estrada, na beira da clareira.

Caminhando até lá, ele o pegou pensativo.

Markovic ficaria furioso com sua perda, Vladimir sabia.

Era uma gargantilha de veludo azul celeste com um pingente.

Lá dentro, Vladimir sabia que encontraria pequenas fotos de seu velho amigo Stjepan e da irmã de Stjepan, Đurđa.

Vladimir pressionou o objeto contra os lábios em memória de Đurđa.

Ela era a razão pela qual Stjepan Markovic o desprezava agora.

Suspirando e cansado das emoções turbulentas que esses pensamentos sombrios causaram dentro dele, Vladimir guardou seu colar no bolso e voltou para a clareira para avaliar melhor a cena e suas opções.

Ele investigou minuciosamente cada parte da clareira, antes de voltar sua atenção para a estrada mais uma vez.

CAPÍTULO XVII

Kristina tentou usar seu corpo como uma alavanca para parar o corpulento Stankov.

Ela o puniu com mordidas até que ele novamente agarrou a cabeça dela pelo lado.

Movendo a mão para o queixo dela, ele forçou seu olhar esmeralda a encontrar o dela, suas intenções claramente marcadas ali.

"Kristina, você vai pagar caro! Vou desabafar com seu belo corpo e você se submeterá a mim." Stankov sorriu para ele.

"Eu vou me matar antes de permitir que você me toque!" Kristina cuspiu nele com desprezo, nenhum sinal de medo em seu rosto.

"Vivo, morto, eu não me importo. Seu corpo conhecerá minha marca em você. Serei o último homem a possuí-lo e você me sentirá, eu prometo." Stankov a apertou ainda mais contra o peito.

"Você é vil e blasfemo! Que sua alma apodreça no inferno!"

Kristina tentou mover o joelho para acertá-lo e incapacitá-lo para parar, mesmo que apenas brevemente.

Sentindo suas intenções, ele torceu o corpo ligeiramente e baixou seus lábios cruéis para sua boca vulnerável.

Apertando os lábios dela, ele empurrou sua grande língua profundamente em sua garganta, enjoando-a com sua presença e seu hálito fétido.

Se contorcendo furiosamente, ela os fez tropeçar.

O estranho interveio naquele momento.

"Chega, Stankov! Acabei com o seu jogo. Vou cuidar da garota. Suas atenções idiotas não vão roubar minha vingança contra Vladimir. Esperei muito mais do que você para triunfar. Solte-a imediatamente!" seus tons cultivados.

Stankov obedeceu sem protestar e Kristina limpou a boca com as costas da mão e olhou para Stankov com desdém.

Ela cuspiu diretamente em seu sapato com precisão.

Stankov ergueu a mão para ela novamente, apenas para ser interrompido pela mão do estranho.

Em vez disso, ele bateu em Stankov com nojo de sua falta de controle.

Virando-se para Kristina, ele falou com ela pela primeira vez.

"Garota, você zomba dele por sua própria conta e risco. Sejamos razoáveis, por favor. Você não tem escapatória neste momento. Permita-me me apresentar; eu sou o conde Stjepan Vanjavich Markovic e você, minha querida, está em meu cativeiro. Comporte-se. E permita-se. que a graça que sei que você possui governe suas paixões no momento. Seu primeiro nome é Kristina, como eu sei. Qual é o seu sobrenome, filha?

Stjepan falou eloquentemente e acompanhou seu discurso com uma reverência.

Kristina parecia desconfiada, mas estava fascinada com seus padrões de fala.

"Meu nome é Kristina Jagavka Zlatovic e pertenço a Lorde Vladimir. Solte-me, conde, porque não posso saber o que Vladimir fará com você se você não o fizer!"

Kristina se mexeu, seu corpo tremendo com a força de suas emoções reprimidas.

Stjepan riu levemente de sua coragem.

Eu iria gostar de quebrá-lo.

Isso deixaria Vladimir com uma boneca quebrada em mente, corpo e espírito.

Ele curvou os lábios em satisfação com esse pensamento, embora fosse uma pena com alguém tão charmoso e agressivo como ela.

No entanto, isso não poderia ser evitado e ele não se desviaria de seu caminho.

A ideia de derrotar Vladimir aqueceu seu sangue e alimentou sua alma.

Vladimir Mislavirov pagaria pelo passado e Kristina seria o instrumento de destruição de Stjepan.

Cansado do tédio de seus modos, ele colocou um colar em volta do pescoço dela com uma corrente presa.

Kristina piscou surpresa com seus métodos.

Ela nunca tinha visto nada parecido com o que esta criatura a tinha escravizado.

O colar estava apertado nela, mas não muito apertado, e quando Stjepan se virou para continuar, ele puxou a corrente para fazê-la se mover.

Agora, Kristina permitia que o medo invadisse seu âmago enquanto cambaleava para frente hesitantemente e toda a força de suas circunstâncias era reforçada pelo domínio desse homem.

Stankov ainda estava na retaguarda, apressado para acompanhá-lo, não querendo mais irritar ou desagradar seu mestre.

CAPÍTULO XVIII

Anđelko se recuperou de seus ferimentos, foi para Split para aprender o que pudesse com Stankov e Stjepan.

Por mais que ele e Mestre Vladimir soubessem, sempre havia algo que poderia ter sido esquecido e ele queria ter certeza de que eles teriam todas as respostas que pudessem para combater essa velha inimizade.

A primeira parada de Anđelko foi Goran.

O homem era lento e tinha vivido à sombra de Stankov, mas se alguém sabia de alguma coisa, era ele.

Ele encontrou Goran cuidando de suas ovelhas.

"Goran! Você vai me dar o que eu quero! Eu quero informações sobre Stankov, e me dê agora!"

Anđelko falou vigorosamente sabendo que ela tinha toda a atenção de Goran para seu comportamento.

Goran sempre se sentiu intimidado pela presença de Anđelko quando ele vinha periodicamente à aldeia.

"O que aconteceu?".

Goran olhou para ele confuso e assustado.

Ele não estava tentando ofender o homem perguntando por que ele estava tão chateado e ele ofereceu suas desculpas.

Ele recuou com a casca de seu pastor, oferecendo a Anđelko o calor de seu fogo.

Seus olhos gananciosos tomaram a forma de Anđelko enquanto ela graciosamente avançava e se agachava para aquecer as mãos.

O sinal daquela noite estava caindo e um frio rápido o angustiou.

"Goran, preciso saber o que você sabe, por mais inconseqüente que você possa pensar. Stankov voltou e cometeu um erro terrível contra o Mestre Vladimir. Ele estava na companhia de um demônio muito cruel e Kristina foi levada cativa! Preciso de informações sobre Os esconderijos secretos de Stankov, seus planos originais para Kristina, tudo! Se você valoriza sua vida, então me dirá o que preciso saber, e você dirá agora! "

Anđelko se levantou, agarrou a camisa do homem com força e forçou seu corpo mais perto do dela.

Ele observou os olhos de Goran se arregalarem com tanto medo quanto desejo implícito.

Satisfeito com as respostas não ditas dela, ele esperou pela resposta às suas perguntas.

Goran lutou para respirar.

A proximidade de Anđelko era muito inebriante e ela apreciava as mudanças que seu corpo estava passando, mas ela sabia que não teria a oportunidade de explorá-las agora.

Suspirando desapontado, ele respondeu:

"Anđelko, sei muito pouco sobre as ações de Stankov antes de nossa chegada à mansão. Ele é reservado e retraído. Sei que ele planejou procurar por Kristina no dia seguinte ao funeral de Andrej. Ele ficou furioso quando lhe contei o que tinha visto naquela noite. "

Goran fez uma pausa para recuperar o fôlego.

"Ele visitou a cabana abandonada nos limites da propriedade de Srecko, você sabe, aquela no campo mais distante de Split. Acho que ele planejava seduzir Kristina lá."

Anđelko olhou para Goran sem acreditar.

"Você acha que ele é um sedutor? Ele ia estuprar a garota e deixá-la com os amigos dela! Stankov era mau antes de se aproximar da propriedade de Srecko, seu bobo. Você se curvou à vontade dele e o seguiu como o cachorrinho que você é Como você não pôde ver e sentir isso? Deus! "

Goran se encolheu com a possível retribuição de Anđelko, suas esperanças frustradas de que ele pudesse explorar seus lábios carnudos tão perto dos dele.

Ele abaixou a cabeça com medo, roçando o peito de Anđelko e deu um gemido inesperado.

Anđelko foi instantaneamente movido por sua angústia, sabendo que Goran não era o culpado.

Suspirando, ele puxou o corpo trêmulo de Goran em sua direção, moldando sua cabeça com a mão e moldando-a na base de sua garganta.

Ele não tinha intenção de machucar Goran.

Ela sentiu a sensação dos lábios do homem enquanto eles traçavam seu pomo de adão e Anđelko se submetia a esse deleite no momento.

A respiração do homem ficou rápida e fraca por não ser rejeitada.

Ele saboreou a salinidade quente do suor pesado e a lambeu como uma criança.

Seu nariz se enterrou ainda mais na pele de Anđelko, inalando os aromas inebriantes.

Ele timidamente moveu as mãos ao redor de seu corpo experimentalmente para sentir o homem se conformar com seus corpos entrelaçados.

A liberação da respiração presa de Anđelko foi música para seus ouvidos e ela estremeceu de antecipação.

Procurando pelos lábios de Anđelko, Goran moveu a boca sob seu queixo, plantando beijos suaves.

Viajando pela mandíbula até o destino final.

Ele impressionou cuidadosamente a boca dela e esperou pacientemente pela resposta de Anđelko.

Anđelko, sentindo sua hesitação, avançou com fervor voraz.

Ele percebeu o quanto ele queria o toque de Goran.

Sabendo que Vladimir estava além de seu alcance físico e mental em sua busca, ele sucumbiu às paixões do outro.

Seu duplo propósito, um, a saciedade de ambos, e dois, se Goran ficasse do lado deles, poderia ser inestimável.

Ele perfurou a fenda dos lábios de Goran e rolou sua língua para dentro, o calor esperando por ele.

Disposto, submisso e dominado pela emoção, Goran se encolheu em seus braços.

Ela era virgem e sempre soube que havia reprimido esses sentimentos no passado, mas com a receptividade de Anđelko ela queria saber o que havia além desse beijo apaixonado.

Ela abriu a boca ainda mais, ousando chupar suavemente a língua de Anđelko, acendendo ainda mais suas paixões.

Seu corpo se moveu em resposta, a evidência de suas emoções ficando tensas no centro de seu corpo, não dolorosamente, mas em antecipação.

Goran também sentiu a evidência do desejo de Anđelko impressa nele.

Ela acolheu as atenções, interrompeu o beijo e indicou a cama próxima a Anđelko como um convite.

Anđelko entendeu imediatamente e mudou-se com Goran para o local com pressa.

Eles desabaram graciosamente, membros emaranhados e bocas fundidas.

Anđelko sentou-se mais do que satisfatoriamente entre as coxas de Goran e suspirou sua crescente sensibilidade na boca suplicante de Goran.

CAPÍTULO XIX

Kristina balançou a cabeça com cansaço e tentou enfiar os dedos embaixo do pescoço na tentativa de afrouxar um pouco a gola.

Embora não tenha cortado seu suprimento de ar, a fez sentir que sua respiração estava comprimida.

Ela agarrou a corrente em um esforço para desacelerar Stjepan, pois temia que sua voz ficasse rouca de seus esforços e restrições.

Stjepan virou a cabeça com impaciência e observou sua luta, uma expressão sombria de mau presságio no rosto com a interrupção.

Ele não havia decolado, sabendo que a cobertura do solo era sua aliada agora.

Ele escolheu uma capa de invisibilidade para frustrar ainda mais e atrapalhar o que ele sabia ser os esforços de Vladimir para procurar por seu amante humano.

Ele esfregou o rosto pensativamente enquanto se aproximava dela, querendo mantê-la emocionalmente desequilibrada e sujeita à sua vontade.

Com isso em mente, ele formulou uma resposta à teimosia dela.

"Kristina, a menos que você queira sentir meu toque em seu corpo agora, você continuará avançando. E eu prometo que não serei gentil. Vou destruir seu corpo e alma. Se esta for sua preferência, então continua a impedir nosso progresso." Satisfeito com a resposta dela, ele esperou a sua.

Os olhos de Kristina se arregalaram com essa ameaça implícita e ela marchou inexoravelmente para frente, a derrota em seu estado atual evidente em seus ombros caídos e inclinados.

Stjepan puxou a corrente, então ela teve que olhar para ele.

Ele preferia que ela continuasse assim por mais algum tempo.

A ideia de domínio total sobre ela era tão doce.

Se ela se tornasse submissa agora, ele não exploraria totalmente as maneiras como queria tê-la e usá-la.

Ele observou os esforços dela com os dedos na gola e a diversão o atingiu com sua incapacidade.

A coleira realçava seu comportamento orgulhoso, o corte de fita em seu ombro o chamava para explorar sua carne cremosa, especialmente porque quase fez um mamilo se projetar, e ela tinha um flash de fogo em seus olhos agora.

Kristina prometeu a si mesma que seria uma gata selvagem quando chegasse a hora.

Por enquanto, ela suportaria essa humilhação e esperaria pela oportunidade de escapar.

Ela sabia que seu Vladimir estava procurando por ela e os encontraria em breve.

Ele esperava encontrá-lo novamente e vê-lo derrotar esse demônio e aquele que estava com ele.

Não sofreu muito lembrar de Stankov, a causa de sua consternação e servilismo.

Ela permitiria que Deus e Vladimir lidassem com ele; ela não iria mais perder seu tempo ou energia com ele.

No entanto, seus olhos tornaram-se calculistas enquanto olhava para Stjepan.

Ele resistiu à força do olhar dela e respondeu com uma risada assustadora.

Ela franziu a testa, mas manteve seus pensamentos para si mesma.

Ela sabia que ele não poderia se relacionar com ela, e embora isso a perturbasse porque ela não estava ligada a Vladimir, ela estava realmente grata pela falta de previsão que eles tiveram.

Ela tentou permanecer impassível, embora sua mente estivesse girando com emoções turbulentas.

Ela ficou assim porque tinha poucas opções.

Seu ímpeto recuperou o ânimo de Stjepan e eles se arrastaram para as profundezas da floresta escura.

QUINTA PARTE
ĐURĐA

CAPÍTULO XX

Noventa anos atrás ...

Vladimir quebrou o domínio de Đurđa sobre ele.

Ele havia tentado em vão tranquilizá-la de que ela estaria segura enquanto ele fosse se alimentar.

Đurđa era jovem e petulante.

Ele ainda tinha que entender os costumes dos vampiros.

"Chega, Đurđa! Preciso me alimentar; estou fraco por falta de comida! Você me enredou nesses dois dias, sua vadia!"

A risada de Vladimir foi abundante e um pouco forçada conforme a cena se desenvolvia.

"Mas Vladimir, eu quero ficar com você! Tenho um pressentimento e sei que me sentiria mais seguro em sua companhia. Por que você não me deixa ir com você enquanto você se alimenta?" Đurđa o persuadiu.

"Đurđa, meu amor," Vladimir começou mais uma vez, "Você ficaria sobrecarregado com o processo. Eu gostaria de perdoá-lo por ver isso. Até que você tome uma decisão sobre permanecer humano ou se tornar um vampiro, não vou sujeitá-lo a isso. É um ritual feito com sangue. Você deve tentar entender o amor. Eu só quero protegê-lo porque o que nós dois sabemos é a sua preocupação em enfrentar quem eu realmente sou. Você estará seguro com Anđelko. Eu prometo. "

"Vladimir! Não se preocupe com isso, não tenho medo do que você é! Mas vejo que você não me protege, já ouvi o suficiente. Não volte aqui a menos que queira ficar comigo! Se eu precisar de alguma coisa, mando chamar Stjepan. Eu não quero ver você! "Ele disse isso virando as costas para ela.

Suas palavras perfuraram sua alma e ele estava impotente contra sua raiva.

Ele não deu ouvidos a Stjepan quando o aconselhou a não perseguir sua irmã.

Ela era diferente e muito teimosa.

Vladimir sempre achou que era um sinal da força dela, mas estava rapidamente ficando cansado da batalha constante com ela.

Ele começou a levar a mão ao ombro, hesitou e depois deixou-a cair de lado em frustração.

"Como desejar, Đurđa, apenas por enquanto. Não tenho intenção de libertá-lo. Você pertence a mim. Seu corpo, seu espírito e sua mente são meus. Nunca se esqueça disso. Sua infantilidade fala de sua juventude e falaremos disso mais tarde, no meu retorno. Eu preciso de sustento ou você vai se encontrar em perigo mortal por minha causa, e eu não poderia suportar isso."

Com isso, Vladimir se virou rapidamente, ignorando as lágrimas dela, enquanto sua raiva e fome crescentes ameaçavam anular seu bom senso.

CAPÍTULO XXI

Ele foi cuidadoso em suas seleções e manteve seu orgulho por medo de sua raiva descontrolada e voltou logo.

Um lamento agudo acelerou seu avanço.

Ele descobriu que sua inquietação aumentava à medida que se aproximava da mansão.

Mas o lamento não era de Anđelko e não era de Đurđa, disso ele tinha certeza.

Ele conhecia seus gritos.

Seu mal-estar aumentou quando viu a porta praticamente arrancada das dobradiças e os sinais de uma briga recente bem na frente de sua porta.

Correndo para dentro, ele encontrou Stjepan embalando o corpo sem vida de Đurđa contra seu peito e Anđelko amarrado e inconsciente no chão.

O rosto devastado de Stjepan se concentrou no horrorizado de Vladimir.

Levantando-se, ainda com o corpo de Đurđa esfriando rapidamente em seu aperto protetor, Stjepan não disse uma palavra a ela.

O ódio ardeu em seus olhos caramelo e ele caminhou até Vladimir, que estava paralisado no local.

"Você é cego, seu idiota ignorante!" Stjepan punido. "Ela falou de premonições pouco antes de morrer. Você tinha ido longe demais para fazer qualquer coisa. Ela morreu em meus braços dizendo que você falhou em protegê-la. Eu a entreguei a você porque você prometeu amá-la e mantê-la segura. Agora! Você se tornou em um poderoso inimigo Vladimir. Ouça o que eu digo agora, vou vingar Đurđa!"

Com isso, Stjepan abriu caminho através de Vladimir atordoado e saiu na noite.

CAPÍTULO XXII

Vladimir acordou de suas reflexões sobre Đurđa e Stjepan.

Ele havia falhado com uma mulher que amava, ele não estava disposto a falhar com outra.

Ele tinha que ficar focado em trazer Kristina de volta, ela tinha seu coração.

Ele não conseguia parar no passado e as coisas que ele não podia ou não sabia haviam mudado.

Ele precisava ser frio e calculista, não se concentrar nisso de um jeito louco.

Ele mergulhou em sua mente para lembrar Stjepan e seus hábitos.

Suas orelhas se contraíram, sintonizadas para qualquer som não natural, sua pele vibrou no ar ao seu redor procurando por nuances e mudanças em seu entorno, seus olhos continuamente procurando o terreno abaixo sem cessar.

Ele estava procurando voos por horas.

Ao amanhecer, ele sabia que tinha que descer para o chão logo ou correr o risco de se queimar.

Ele decidiu que não voltaria para a mansão, mas, em vez disso, se refugiaria na floresta.

Ele rapidamente criou uma força para abrir a terra para seu corpo dolorido e descansou inquieto sob o solo para esperar.

Com o coração batendo forte de medo, ela caiu em um sono profundo e em transe quando o novo dia amanheceu.

CAPÍTULO XXIII

Anđelko se mexeu no abraço de Goran.

O menino havia esbanjado com amor a noite toda.

E ele retribuiu com igual fervor.

No entanto, ele precisava voltar à busca, lamentando um pouco o quão agradáveis essas últimas horas haviam sido.

Goran estava olhando para ele apreensivamente.

Anđelko suspirou.

Ele é tão jovem, inocente e não entende todos os eventos que aconteceram.

Anđelko precisava ficar se lembrando do que era sua empresa.

Ele recuou um pouco e Goran imediatamente apertou seu aperto, abraçando o pescoço de Anđelko em um aperto mortal.

"Ei, pequenino. Estou muito feliz por ter acordado com você em meus braços. Mas não posso esperar mais."

"Oh, Anđelko! Tive medo que você me odiasse e não pude suportar isso." Goran chorou baixinho contra seu pescoço.

Anđelko foi gentil.

"Ninguém, eu nunca poderia te odiar. Eu te amo e adorei senti-la debaixo de mim na noite passada. Já faz muito tempo que não me sinto tão amada. Por isso eu te agradeço. Você não tem nada a temer de mim, meu forte e bonito Goran. Mas devo ir. Mas voltarei, juro. "

Ele agarrou os braços de Goran e tentou afastá-los.

Mas Goran segurou firme.

"Anđelko, por favor, não me deixe. Estou tão sozinha. Quero ficar com você. Prometo que posso ser útil. Por favor, não me deixe aqui."

Anđelko orou por paciência.

"Muito bem, pequena. Mas tenha em mente que se você me atrasar, vou deixá-la onde está. Não posso perder mais um momento. E se você me trair, vou consertar isso imediatamente. Minhas preocupações neste momento são exclusivamente para Kristina. A vida dela é em jogo. Não me faça tomar uma decisão com a qual eu não poderia viver. "

Anđelko foi deliberadamente brusca para mostrar seu ponto de vista.

Goran só conseguiu acenar com a cabeça contra o peito de Anđelko.

"Muito bem, você pode vir."

Goran se levantou rapidamente e começou a armazenar o fogo e a reunir suprimentos.

Ele assobiou para seu cão pastor, sussurrando instruções para o animal inteligente que voltou à sua vigia para cuidar das ovelhas.

E então ele foi se aliviar rapidamente.

Em menos de dois minutos, ele estava de pé tremendo, mas atento a Anđelko.

Anđelko acenou com a cabeça em aprovação.

Uma última olhada no acampamento com Goran agarrando o saco de dormir e eles partiram.

CAPÍTULO XXIV

Kristina acordou acorrentada à parede de uma pequena cabana.

A luz fraca filtrada pela janela disse a ela que era fim de tarde.

Ele olhou ao redor perplexo, e então a pontada de dor persistente em sua bochecha trouxe sua situação à tona mais uma vez.

O chão abaixo dela estava sujo, uma reminiscência de restos de comida e outros detritos imaginários.

Seu braço latejava acorrentado sobre ela, seu pulso dançava frouxamente contra o metal.

Um ronco alto se intrometeu em seus pensamentos.

Stankov estava sentado ao lado dos restos de comida em uma mesa, o rosto apoiado sobre ela, uma jarra de vinho vazia à sua frente.

Ela estremeceu ao vê-lo, tentando se coçar discretamente, sentindo formigas e quem sabe o que mais em sua pele.

Ele ansiava por tomar banho e se aliviar.

Stjepan não estava à vista.

Ela odiava lidar com Stankov, preferindo permanecer em silêncio.

Eles haviam deixado para ele uma pequena panela com água e uma panela para se servir.

Tão quieta quanto ratos, que ela tinha certeza de que também habitavam o lugar, ela manobrou sobre o penico e rapidamente terminou seu negócio.

Em seguida, ele deslizou suavemente pelo chão o mais longe possível dela.

Ela sabia que seu cabelo estava sujo e estava começando a emaranhar.

Sua boca estava seca, sua garganta ressecada e suas roupas muito manchadas.

Ela estava com fome e ansiava pelo conforto dos braços de Vladimir em volta dela mais uma vez.

Ela sentia muita falta dele.

Levando a panela aos lábios, ela engoliu a água com cheiro rançoso, mas não conseguiu parar.

Ele logo esvaziou a xícara, sentindo seu estômago revirar com a intrusão.

Ela lutou contra a náusea por alguns minutos, desesperada para manter a água dentro e desesperada para não acordar Stankov.

Seu cheiro fétido impregnou a sala, acrescentando mais náusea.

Ela encostou a cabeça na parede e respirou fundo para aliviar seu sofrimento.

Foi um pequeno consolo.

Lágrimas se formaram em seus olhos esmeralda e correram por suas bochechas incontrolavelmente.

Ela conteve os soluços, até que se tornou muito doloroso e a angústia se dissipou.

Stankov ficou de pé imediatamente e gemeu de dor por causa do ferimento no pescoço.

Esfregando, ele olhou para Kristina maliciosamente e estalou os lábios.

Percebendo a circulação em seus braços novamente, ele se levantou abruptamente e vendo o penico, caminhou até ele, desabotoando suas calças esfarrapadas.

Olhando Kristina nos olhos e, apesar de sua repulsa e estremecimento, ela esvaziou a bexiga na frente dela, ignorando os respingos em seus sapatos e na parte inferior de suas calças.

Segurando seu membro semi-mole em sua mão, ela o acariciou repetidamente.

Ele orgulhosamente sacudiu o membro já mais rígido sobre o rosto.

"Chupe, putinha. Dê-me o que você deu a Mislavirov. Faça agora e faça-o livremente ou vou enfiar na sua garganta. Quero seus lábios ao redor. Quero que me sinta em sua boca. Abra agora!"

Ele deu o último passo ameaçador em direção a uma desafiadora Kristina de olhos arregalados.

Pouco antes de sua ponta tocar sua boca, ela cuspiu nele e em seu pênis.

Stankov riu maliciosamente e esfregou a ponta com saliva.

- Você não sabe que tornou as coisas mais fáceis para mim assim? Você é uma idiota, Kristina.

Stankov continuou a esfregá-lo brevemente e, em seguida, levou-o aos lábios novamente.

Desta vez, ele agarrou o cabelo dela e puxou seu pescoço para trás.

"Abra sua boca para Deus ou eu vou bater em você primeiro e então tomar o que eu quero de você à força!"

"Vá para o inferno, Stankov. Eu não vou subjugar você!" Kristina falou pela primeira vez desde que acordou.

Sua voz estava rouca pela sujeição do pescoço na noite anterior e por seus soluços.

Stankov ainda segurava o cabelo dela, enrolando-o cruelmente na mão e puxando-o ainda mais.

Seus lábios se separaram de má vontade enquanto ele sibilava de dor.

Ele começou a empurrar sua masculinidade em sua boca.

O desgosto adicionado, seu cheiro repulsivo, provou ser demais para o estômago inquieto de Kristina.

Ela a engasgou, engasgou e se debateu para vomitar.

Stankov, incrédulo em seus olhos, afastou-se rapidamente, enquanto Kristina se inclinou fracamente para a frente para não manchar ainda mais suas roupas.

Ofegante, segurando um lado, ele lançou a Stankov um olhar assassino.

"Agora não há nada que me impeça de ter sua boca, moça." Stankov disse triunfante e exultante.

Voltando para ela em um momento, no próximo ela estava batendo contra a parede e caindo no chão.

Stjepan ficou impaciente ao lado dele.

"Tente tocá-la novamente, antes que ela esteja pronta para você e eu o matarei onde você está ou onde você se esconde, Stankov. Sua inépcia está anulando qualquer utilidade que eu pensei que você tinha. Fique aqui embaixo como o maldito que você é ou eu o matarei! agora! Preste atenção às minhas palavras. É o seu último aviso. "

Stjepan estava magnífico em sua raiva, elevando-se sobre o curvado Stankov.

Seus olhos caramelo dispararam fogo e enxofre.

Satisfeito com sua mensagem, ele se voltou para a desafiadora Kristina.

Ele estava feliz em ver seu espírito de luta retornar depois da noite anterior.

Caminhando até ela, ele estendeu a mão, ajudando graciosamente Kristina a se levantar.

"Minha querida, peço desculpas por aquele idiota e pela acomodação miserável. Por mais que você seja um peão para mim, eu tenho boas maneiras e não gostaria de vê-la maltratada. Pelo menos por enquanto e enquanto você cumprir meus desejos. Vamos passar para mim em breve, este não era nada mais do que um lugar para descansar e, claro, escapar de Vladimir. Mas há uma banheira na sala ao lado que você pode usar para se banhar e farei com que Stankov encontre algo para você comer enquanto você toma banho. Eu estarei de plantão, não tenha medo, ele não vai tocar em você. "

Stjepan falou com confiança e Kristina parou um momento para olhar para ele com gratidão, antes de lembrar que ele era a razão de ela estar ali.

Sendo prática, ela aceitou sua oferta graciosamente.

"Obrigado. Eu gostaria de tomar banho."

Ele sorriu e isso transformou seu rosto, transformando seus traços ascéticos em um homem caloroso e charmoso, por mais breve que tenha sido.

Kristina teve um vislumbre de como deve ter sido em outra época de sua vida.

Ele desamarrou o pulso dela, e ela imediatamente começou a embalá-lo suavemente sobre o corpo com cuidado, para evitar bater nela com algo.

Mantendo a mão na dela, ele a conduziu para a sala dos fundos e para fora da vista de Stankov.

* * *

Stankov ficou furioso!

Mas ele se curvaria aos desejos da criatura, por enquanto, até que pudesse erradicá-la desta terra.

Ele não se sentia mais desconfortável em conhecer Markovic e planejou corrigi-lo o mais rápido possível.

Ele cambaleou e se dirigiu para a porta, sabendo que se não voltasse com a comida estaria condenado a grande sofrimento, na melhor das hipóteses.

CAPÍTULO XXV

Stjepan se ocupou com o banho por um momento e logo a água fumegante e calmante encheu a banheira de metal.

Ele despiu Kristina de suas roupas com a promessa de roupas limpas e observou enquanto ela graciosamente entrava no banheiro.

Ele tinha deixado claro para ela que não tinha intenção de deixar a sala e que ela não estava se preocupando no momento.

Ao afundar nua na água, ela deixou seus poderes de cura restauradores influenciá-la ainda mais.

Ela gemeu de alegria, sentindo seus músculos relaxarem pela primeira vez naquele dia.

Ela se inclinou para frente em uma tentativa de molhar completamente o cabelo.

Surpresa, ela sentiu os dedos de Stjepan em seu couro cabeludo enquanto ele a encorajava a ficar parada.

Então ele despejou jarro após jarro de água sobre o cabelo dela.

Pegando um frasco perfumado contendo uma mistura de sabonete e flores silvestres, ela logo arrumou o cabelo.

Seus dedos eram maravilhosos contra sua cabeça latejante.

Logo ela sentiu toda a dor fugir dela.

Em seguida, ele enxaguou suavemente o cabelo dela, segurando o cabelo sobre a cabeça, e sem dizer uma única palavra a ela durante todo o processo.

Ele se afastou para lhe dar privacidade enquanto ela continuava com o banho.

Stjepan tentou ficar impassível, mas à luz das velas acesas esporadicamente ao redor da sala, as sombras de seus movimentos refletiam-se nas paredes esterilizadas.

Ele sentiu sua respiração prender e ele sentiu uma pontada por baixo.

Ele lembrou a si mesmo que não era hora!

Você deve ser paciente!

Ele não podia cometer nenhum erro, então ele sofreu silenciosamente.

Kristina permaneceu alheia a esta situação.

Ele estendeu uma panturrilha bem torneada lentamente, desfrutando da liberdade de poder fazer isso.

Equilibrando-a na borda da banheira, ele se deleitou com um sabonete neutro nela, em massagens longas e circulantes.

Ele prestava atenção em todas as partes do banheiro, de modo que o desconforto de Stjepan aumentava a cada momento que passava.

Quando percebeu que não conseguia alcançar suas costas longe o suficiente, ele corajosamente deu um passo à frente, apesar de suas dúvidas.

Agarrando a barra de sabão de seus dedos, repentinamente fora de controle, ela se concentrou em manter a respiração regular.

Ela se inclinou para frente, cruzando os braços sobre o peito de vergonha.

Stjepan achou o gesto um tanto pitoresco depois de tudo o que havia acontecido e para a mesma situação, mas mesmo assim não disse nada.

Ele terminou rapidamente, não confiando muito em si mesmo, especialmente porque sua pele parecia acetinada e flexível sob seus dedos dedicados.

Dando um enxágue final, desta vez ele recuou mais rápido.

Seus dedos ainda formigavam de tocá-la tão intimamente e sua mente zumbia com possibilidades que ele rapidamente descartou.

Ele deu as costas para ela quando ela se levantou da banheira, pegando a toalha que havia sobrado.

Ele ouviu seus movimentos, saindo com cuidado da banheira, o vigor com que ela se enxugava, sua respiração, seu suave miado de prazer ao vestir roupas limpas, tudo pensado para deixá-lo louco naquele momento.

Ele tentou respirar lenta e uniformemente, movendo-se inquieto de um lado para o outro.

Ela cravou as unhas nas palmas das mãos, palmas que coçavam por ter sua carne debaixo delas mais uma vez.

Ele até revisou seu plano de ataque contra Vladimir, tudo na vã esperança de enviar sua fúria crescente.

Ele cerrou os dentes e saiu furioso da sala.

Kristina ergueu os olhos, assustada com sua saída rápida.

Ele ouviu algo bater contra a parede da sala ao lado.

Imaginando sobre sua explosão, ela apressou seus esforços para se vestir.

Era uma blusa simples de camponesa e saia.

Havia roupas ainda mais delicadas, por baixo da roupa que estava na cama, para a qual ele colocou mais perto de sua pele.

Envolvendo as pernas com meias, ela calçou os sapatos fortes que ele havia deixado para ela.

Ela suspirou de alívio por estar limpa, desenrolando o cabelo para pentear.

Aproximando-se do pequeno fogo que queimava na lareira, ela se ajoelhou para desembaraçar a massa de cabelo.

Ela nunca o sentiu entrar na sala novamente, até que ele colocou a mão sobre a dela para remover a escova de seus dedos.

Ele pacientemente penteava o cabelo dela, começando pelo topo e penteando até o fim.

Seus cachos secos torturaram seus dedos, mas ele continuou.

Stjepan estava de volta ao controle, mas por pouco.

Mas isso seria dedicado até o fim.

O final, neste momento, era incerto, mas ele descobriu que estava gostando de sua companhia, apesar das circunstâncias.

Ele não esperava isso, mas ele iria desfrutar de seu tempo com ela.

Não esquecendo sua missão, mas colocando-a de lado por enquanto, ele a acariciou repetidamente.

CAPÍTULO XXVI

Emergindo do solo, Vladimir rapidamente encontrou alguns animais da floresta para matar sua sede.

Não era o que ele desejava, mas ele não tinha tempo para procurar carne humana.

Com fome como estava, ele mal se alimentou o suficiente para continuar.

Seus ouvidos formigavam com ruídos mais altos do que ele pensava ser algo da natureza.

Pensando que era um urso ou um javali, ele ficou feliz em ver Anđelko, Darija, Roko e um dos camponeses que estiveram com Stankov em sua porta no início da semana.

Ele ergueu uma sobrancelha ao ouvir isso, mas esperaria pacientemente para ser apresentado.

Anđelko, sentindo sua necessidade, foi rapidamente até seu mestre para se oferecer a ele.

Vladimir bebeu o que pôde de Anđelko, selando rapidamente sua carne para longe dele.

Goran ficou surpreso com isso.

Sentindo que Vladimir não havia acabado, ele corajosamente deu um passo à frente, esperando que Vladimir não o cansasse.

Vladimir percebeu sua inquietação, mas aceitou o que foi oferecido.

Sua boca desfrutou enquanto o fluido se transferia para ele.

Ele parou quando soube que Goran havia dado tudo de si e gentilmente passou a língua sobre o ferimento.

Goran recuou aliviado.

Ele estava um pouco tonto com a experiência, mas ainda respirava suavemente, estava vivo.

Vladimir se sentiu saciado o suficiente para falar.

Ele agarrou Anđelko contra o peito e o abraçou com força.

"Meu amigo, é bom ver você e que você está de pé e inteiro. Você foi capaz de usar suas habilidades de rastreamento e trazer Darija e Roko com você, um golpe de gênio."

Liberando Anđelko, ela carinhosamente acariciou cada cão-lobo enquanto eles lambiam seus dedos com a língua.

Roko pulou de afeto por seu mestre, Darija abanou o rabo.

Anđelko acenou com a cabeça uma vez em seu elogio.

"Trouxe Goran, pois ele está disposto a nos ajudar, Mestre. Ele sabe algo sobre a mente de Stankov e pensei que seria útil tê-lo como aliado."

Anđelko olhou seu mestre diretamente nos olhos ao dizer isso.

Vladimir sentiu uma corrente de outra coisa que não conseguia identificar no momento, mas deixou passar pela necessidade de encontrar Kristina.

Ele sabia que Anđelko falaria com ele em particular quando a primeira oportunidade se apresentasse.

Ele acenou com a cabeça ligeiramente na direção de Goran, aceitando o que Anđelko disse.

Goran exalou sua respiração reprimida.

"Ótimo. Vamos revisar o que sabemos e então reformular nosso plano a partir daí."

Voltando ao assunto, Vladimir ouviu primeiro Anđelko, depois Goran.

Assim que sentiram que todas as informações disponíveis haviam sido expressas abertamente, Vladimir ficou pensativo por um momento.

"Tudo bem. Suponho que Stjepan e Stankov, se estiverem usando esta cabana de que me falaram, não vão ficar lá por muito tempo. Stankov sabe que Goran conhece o lugar e que conhece Stjepan, não se arriscaria a ficar muito tempo. E este é astuto e quer vingança. Não vai ser fácil surpreender. Acho que vai para a fortaleza dele, mas ter Stankov e Kristina vai atrasá-lo. Então, vamos para a aldeia de Omiš. Ele tem a vantagem de ir em frente, mas Eu me lembro onde ele mora. "

Vladimir disse o último em um tom mortal.

Era evidente que esperava um confronto com seu antigo amigo, agora inimigo.

Ele odiava o envolvimento de Kristina, mas havia uma conta antiga a acertar.

CAPÍTULO XXVII

Stankov relutantemente voltou para a cabana.

Ele pegou um coelho e o esfolou onde o matou.

Ele murmurava imprecações o tempo todo, pensando em maneiras de se livrar de Markovic e Kristina.

Mas só depois de ter participado de seus encantos, de seu corpo.

Ele estava muito claro que Vladimir viria atrás dele, mas ele a teria.

Ela tinha arruinado tudo com seus modos astutos e choramingos.

Ele não podia nem voltar para casa com medo de que os aldeões se levantassem contra ele e amaldiçoou Vladimir por selar seu destino.

Mas ele teria sua vingança e seria muito doce.

Ele foi para a cabana na floresta e colocou o coelho na mesa, apesar do resíduo sujo.

Eu não faria um trabalho de mulher.

Eu deixaria Kristina limpar e assar a maldita coisa.

Entrando na pequena sala, ele passou pela porta da sala dos fundos.

Seu queixo caiu quando viu Markovic terminar de escovar seus cabelos.

Ele cuspiu com nojo, mas observou suas mãos trabalhando.

Ele tossiu brevemente antes de se virar.

Ele ainda não estava pronto para lutar contra o vampiro.

* * *

Murmurando ainda mais, ele fez exatamente o que disse que não faria, limpou o coelho e começou a assá-lo no fogo escasso.

Em pouco tempo, Markovic juntou-se a ele, mas Kristina preferiu ficar na sala dos fundos.

Stankov resmungou.

Bruxa!

Ela não vai se safar com isso.

Ele rapidamente mascarou o rosto e tentou proteger seus pensamentos.

Ele não precisava de Markovic para saber a extensão de seus delírios internos.

Infelizmente para Stankov, Stjepan sabia exatamente quais pensamentos vagos passavam pela mente de Stankov.

E ele não gostou.

Repensando seu plano, ele pensou que poderia ter que se livrar de Stankov antes do planejado.

Embora ainda pretendesse usar a adorável Kristina para seus próprios objetivos, sentia-se protetor com ela e Stankov estava se tornando um problema.

Naquela época, Stjepan começou a planejar o desaparecimento de Stankov.

Não houve conversa entre eles.

Stankov ficava mais desconfortável a cada momento e Stjepan não se importava.

Finalmente, o coelho estava pronto e Stankov puxou-o para fora, olhando para ele.

Stjepan afastou a mão dela e chamou Kristina.

Ele entrou na sala com apenas um momento de hesitação, pois de alguma forma descobriu que podia confiar um pouco em Stjepan.

Ele não a incomodou enquanto ela tomava banho, ele escovou seus cabelos e ela estava grata.

Ela cruzou a sala, sentando-se na cadeira indicada por Stjepan.

Ele estendeu o coelho fumegante para ela e pediu desculpas por ela ter que remover os pedaços com as mãos.

Ela não podia saber que ele estava fazendo outra cortesia, já que o cheiro do coelho frito era repulsivo para ele.

Ela tentou ser delicada, mas estava com fome.

Ela comeu rapidamente, ignorando a gordura, até ficar satisfeita.

Stjepan jogou os restos mortais em Stankov para ele comer e acabar com o coelho.

Kristina olhou impotente ao seu redor por um segundo em busca de algo para limpar suas mãos.

Lembrando-se de suas roupas destruídas, ela se levantou para limpar as mãos com elas.

Stankov estava dando a última grande mordida e engolindo, mal mastigando.

Kristina voltou rapidamente e foi para o lado de Stjepan.

Quando Stankov terminou, Stjepan anunciou que era hora de partir.

Como não havia nada importante para coletar na cabana, eles saíram depois de apagar o fogo.

***

Continuando mais uma vez em direção à casa de Stjepan, o tempo estava bom para eles.

Viajando em um ritmo rápido, eles rapidamente alcançaram um estábulo Goran.

Esgueirando-se para dentro, Stankov encurralou dois cavalos para ajudá-los em sua jornada.

Ele os puxou e Stjepan ajudou Kristina a se levantar antes de subir atrás dela, deixando Stankov sozinho.

Colocando os cavalos em um galope acelerado, eles partiram novamente.

Stjepan ficou aliviado por se mover rapidamente, mas muito consciente da beleza sentada à sua frente.

Ele prendeu a respiração por longos períodos de tempo, resistindo ao desejo de empurrá-la suavemente contra seu peito.

Pouco antes da estrada para Omiš, havia um galho baixo.

Mentalmente fundindo-se com o cavalo de Stankov, Stjepan ordenou que ele fosse direto para o galho e a uma velocidade vertiginosa.

Stankov não esperava a explosão de velocidade ou o galho da árvore.

Ela se chocou contra ele, caindo instantaneamente do cavalo e deixando-o inconsciente.

O cavalo livre de seu cavaleiro voltou imediatamente para casa.

Stjepan manteve Kristina sob controle à sua frente, continuando a marcha.

CAPÍTULO XXVIII

Vladimir e a empresa chegaram à cabana abandonada.

Notando os sinais recentes de presença nele, como os odores persistentes de um fogo e os restos de coelho cozido.

Movendo-se pela cabana, encontraram as roupas descartadas de Kristina e a água do banho.

Ao saírem, procuraram sinais da direção que haviam seguido para se certificar de que não perdiam nenhuma direção.

Continuando para o sul, eles os seguiram até o celeiro.

Eles ficaram arrasados porque Goran só tinha um cavalo sobrando.

E quando eles estavam começando a se desesperar, o cavalo que fugira do Stankov caído veio para o estábulo.

Os lados de sua boca estavam cheios de espuma, mas os homens não podiam esperar que ele descansasse muito.

Goran acariciou o cavalo, falando em seu ouvido e deixando-o descansar por alguns momentos.

Ele então entregou o cavalo do estábulo para Vladimir e eles montaram rapidamente os dois cavalos, com Darija e Roko correndo ao lado deles.

Anđelko e Goran dividiram o cavalo que havia retornado, com Vladimir montado no cavalo mais frio, que estava no estábulo, para o caso de ele ter que ir em uma perseguição rápida ao inimigo.

Eles logo encontraram Stankov inconsciente.

Olhando para ele, eles esporearam seus cavalos.

Vladimir estava se separando deles com Darija e Roko.

O cavalo sobrecarregado de Anđelko e Goran finalmente parou exausto.

Olharam por um momento a figura cansada do cavalo e amarraram-no a uma árvore perto de um riacho, que tinha água doce e grama, para que se recuperasse.

Em seguida, eles continuaram a pé atrás dele.

SEXTA PARTE
KATARINA

CAPÍTULO XXIX

Stjepan conduziu o cavalo trêmulo e exausto até uma parada na frente de sua imponente mansão.

O cavalo bufou descontroladamente.

Sua respiração era evidente no ar gelado da noite, sacudindo sua juba de desgosto por ainda estar fora naquela noite.

Stjepan saltou de suas costas e segurou Kristina nos braços, indo em direção ao portal aberto.

Gabrijel estava lá esperando por seu mestre.

O rosto de Kristina estava pressionado contra seu corpo expondo sua garganta e sua curta pulsação da veia em seu pescoço o distraiu.

Tentáculos quentes de desejo correram por suas veias, aquecendo seu sangue e acumulando no centro de seu ser.

Como ele queria que ela pressionasse os lábios ali, apenas uma vez.

Mas ele sabia que mesmo assim não seria o suficiente.

Já fazia muito tempo que ele não sentia a agitação de suas áreas mais íntimas por alguém como ela.

Oh, como ele gostaria de tê-la encontrado antes de Mislavirov!

De toda essa maldita sorte, ele lamentou em frustração.

- Gabrijel! Mantenha a porta fechada, mas não trancada, e prepare-se para a chegada iminente de Mislavirov! Vou depositar esta adorável criatura na casa e voltar rapidamente. E cuide do cavalo, por favor. É uma boa montaria.

Stjepan foi para seu escritório que dava para a entrada imponente.

Ele colocou Kristina em uma cadeira de pelúcia e colocou a boneca esguia que ela estava se protegendo ao lado do fogo.

Ele colocou cuidadosamente um pequeno cobertor sobre seu corpo trêmulo.

Ele deu um passo para trás, mascarando o desejo intenso que ela havia despertado.

Ela olhou para ele confusa e suplicante.

"Sinto muito, minha doce Kristina. Não posso atender ou acomodar você mais do que isso. Mandarei Helena com um pouco de água e vinho. Por favor, tente ficar confortável na minha ausência. Estarei de volta em breve."

Stjepan sussurrou, afastando o cabelo de seu rosto e passando um único dedo em sua bochecha macia.

Ele se virou abruptamente, segurando a porta aberta para o corredor, deixando-a confusa e mais do que um pouco confusa.

Surpresa por seus pensamentos, ela se recostou para contemplar seu significado.

Ela descobriu que, apesar das circunstâncias, ela gostava do homem.

Ele a assustou sim, mas também a protegeu, e cuidou dela e ela estava começando a acreditar que ele não tinha instintos para machucá-la.

Seu espanto era que amava Vladimir; não havia dúvida sobre isso ou onde residia sua lealdade.

Mas nenhum deles queria machucá-la.

Ela estava muito confusa com todos os eventos que ocorreram tão recentemente.

Ela queria esquecer inutilmente a sensação por um momento, mas então ela esperou.

Não havia mais nada que ele pudesse fazer, não importava o quanto desejasse que fosse o contrário.

Ele tentou se lembrar de todas as ações que ocorreram desde ontem.

E por mais que tentasse afastar qualquer sentimento de mal-estar por Stjepan, não havia nenhum.

Apesar de seu encontro inicial e sua subjugação com o colar, ele a protegeu de Stankov, e por isso ela era grata.

Ela sabia que ele não precisava, mas ele tinha feito mesmo assim.

E ele se comportou com honra para com ela.

Ele mordiscou o lábio inferior inconscientemente, captando os detalhes.

Foi um exercício que Vladimir fez com ela para torná-la mais consciente do que a rodeava.

No início, eram cenários pequenos, mas ela vinha trabalhando com cenários maiores antes de seu cativeiro.

Essa foi uma das razões pelas quais ela convenceu Anđelko a levá-la para a clareira.

Ela queria surpreender Vladimir com sua prática.

Mas não adianta refletir sobre o que não pode ser mudado.

Ele só esperava poder negociar a paz entre os dois.

O escritório onde ela o havia deixado era elegantemente decorado e combinava bem com o homem.

A madeira de cerejeira escura formava fortes molduras e coroas.

A parte de trás da sala era decorada em um verde musgo suave e interrompida por estantes de livros que revestiam as paredes.

O consolo sobre a lareira era de um branco cremoso, sobre o qual repousavam dois castiçais com sua luz alegre.

Um retrato de quem Đurđa deve ter sido adornado na parede em frente à sua mesa de cerejeira, onde estava um livro aberto.

E na imagem do retrato ela segurava um buquê de flores silvestres, o cabelo caindo ao redor dela e com uma expressão maravilhada nos olhos enquanto sorria para Kristina.

Muito jovem e cheio de vida.

Kristina suspirou agora com grande conhecimento por sua parcela da tristeza que acontecera aqui desde a perda de uma pessoa tão adorável e cheia de vida como ela.

Stjepan parecia viver apenas metade de sua vida no presente, mergulhado na dor do passado.

Uma leve batida na porta aberta e um criado entrou.

Suas bochechas eram em forma de maçã e ela sorria hesitantemente, seus suaves olhos azuis oferecendo gentileza.

Ela mancava um pouco enquanto andava e um avental estava amarrado na cintura larga.

Ele se aproximou de Kristina com cuidado e colocou uma bandeja com bebidas ao seu alcance.

Ela se curvou e foi embora rapidamente, quando Kristina falou.

"Obrigado. Helena, certo?"

"Sim, senhorita. Eu sou."

"Helena, por favor, sente-se perto do fogo. Eu gostaria que você falasse comigo por um momento."

Kristina estava pensando em aprender mais sobre Stjepan, na esperança de encontrar uma oportunidade que pudesse usar para evitar um desastre.

O conforto de sua casa que ela catalogou em sua mente e mais de sua personalidade e porte era o que ela estava procurando agora.

Ele estava tentando usar todos os seus sentidos para obter uma imagem mais clara daquele homem atormentado e da dor contra a qual estava lutando.

Sua gentileza para com ela contrastava fortemente com seus sentimentos amargos por Vladimir.

Ele ansiava por saber mais sobre o que aconteceu naquela noite fatídica que causou a morte de Đurđa e a divisão entre os seres das trevas.

Helena olhou para ela com cautela.

"Mas senhorita, eu não posso fazer isso."

"Por favor, Helena. Estou cansada e ansiosa para falar com uma mulher. Não quero machucá-la ou causar-lhe nenhum dano. Mas agradeceria sua companhia", implorou Kristina.

"Muito bom, senhorita. Mas sem truques." Helena sentou-se desajeitadamente na cadeira de passageiro de Kristina.

Ele olhou consternado para o hematoma no pulso, mas não disse nada a respeito.

Os caminhos de seu Mestre permanecem tão misteriosos para ela, mesmo depois de todos esses anos.

Ela se benzeu em um apelo silencioso para que ele estivesse bem protegido em sua busca.

"Nada de truques, Helena. E, por favor, me chame de Kristina. Obrigado por sentar comigo porque eu sei que você está ocupada. Eu não tenho uma boa conversa com uma mulher há muito tempo e sinto muito a falta dela. Você trabalhou para Conde Stjepan desde então faz muito tempo?"

"Senhorita Kristina, Gabrijel e eu chegamos logo depois de nosso casamento, vinte anos atrás. O professor é bom e gentil conosco e nós o servimos da melhor maneira que podemos." Helena bufou dizendo isso.

Ela hesitou em dizer mais do que isso, mas foi atraída pela adorável jovem sentada com tanto orgulho diante dela, mesmo em uma situação tão desesperadora.

Havia um fogo e uma paixão em Kristina que a lembrava de sua única filha, Katarina.

"Você tem filhos, Helena? Me desculpe se isso for pessoal, se você me disser que é, não vou perguntar mais nada."

Kristina estava tentando encontrar uma maneira de facilitar a conversa que ela realmente pretendia ter com a tímida Helena.

O rosto de Helena iluminou-se ainda mais.

"Sim, tenho uma filha, Katarina. Ela está na escola, porque o professor insistiu que ela deveria frequentar. Ele diz que ela é inteligente e que isso a tornaria capaz de fortalecer sua mente. Sinto muita falta dela. Mas sei que é o melhor. para ela. O professor sabe disso. Ele nunca a machucou e quer apenas o melhor para ela, ele a ama. No entanto, em breve ela estará em casa para sempre, até que se case. "

Kristina refletiu sobre essa informação e sentiu que havia encontrado sua oportunidade.

"Você disse que o conde Stjepan a ama?"

Helena percebeu que havia se comportado mal, mas era tarde demais para corrigir.

Levantando-se rigidamente, ele se curvou para Kristina e saiu da sala abruptamente.

Helena esperava um encontro entre sua Katarina e o conde Stjepan, pois sabia que foram feitos um para o outro.

Eles eram um casal impressionante para todos verem.

Os olhos de Stjepan seguiram os movimentos de Katarina quando ela não estava olhando.

Mas ela não sabia de seus pensamentos e Katarina poderia ser uma garota obstinada.

Ela saiu correndo da sala, rezando para que Stjepan sobrevivesse àquela noite de caos e agitação, já que Katarina estaria em casa em breve para ver o que havia para ver.

Kristina lamentou a retirada de Helena, mas essa certamente era uma informação pela qual valia a pena desconcentrar.

Ela não tinha certeza se tinha o direito de usá-lo, mas talvez ...

Ele relaxou os ombros na almofada da cadeira e considerou o que poderia fazer com esse novo conhecimento.

CAPÍTULO XXX

Stjepan moveu-se graciosamente depois de um mergulho rápido, embora soubesse que a situação logo se tornaria explosiva.

Demorou um pouco para refletir sobre o que planejava fazer.

Seus pensamentos espontâneos sobre a beleza de Kristina o levaram a fazer concessões que poderiam ter consequências mortais para ele.

Ele precisava de tempo para fundir seus pensamentos e manter seus objetivos em mente.

E ele sentiu uma pontada de remorso por ter sido tocado por ela quando soube que sua Katarina estava voltando para ele.

Ela ainda não sabia, mas ele planejava se apresentar e esperava que ela aceitasse.

Agora ele estava surpreso com sua reação a Kristina.

Como se ele precisasse de mais dores de cabeça.

Maldita seja!

Ela colocou calças justas com botas até o joelho polidas, depois uma camisa branca, aberta no pescoço, com renda em cascata na frente.

Ele não se preocupou em colocar um colete ou casaco, mas em vez disso pegou a espada e amarrou a bainha de um lado.

Ela amarrou o cabelo descuidadamente com uma fita de veludo azul celeste.

Era a cor favorita de Đurđa e de alguma forma o fazia se sentir mais próximo dela.

Ele estava com o coração partido pela perda do medalhão e voltaria à clareira para encontrá-lo depois de lidar com Vladimir.

Saindo da sala, foi ver Gabrijel e os preparativos que haviam discutido antes de se aventurar em seu quarto.

Alcançando a entrada mais uma vez, ele olhou ao redor com satisfação.

Ele queria atrair Vladimir para sua casa há muito tempo.

Portanto, nenhuma tábua foi usada para cobrir as janelas e a porta da frente estava destrancada.

Os preparativos para o jantar haviam sido concluídos.

Ela planejava jantar bem e generosamente depois de discutir com ele.

E Stjepan esperava manter Vladimir mais desequilibrado, aparentemente pouco chateado e muito despreocupado.

Torcendo os lábios, ele esperou por seu convidado esperado.

CAPÍTULO XXXI

Vladimir parou o cavalo a uma curta distância da casa de Markovic.

Ele sabia que havia uma queda no mar agitado abaixo, em ambos os lados, então sua abordagem teria que ser pela frente ou pela direita da entrada.

Memórias inundaram sua mente mais uma vez de sua amizade anterior enquanto ele tentava se lembrar do interior da casa ...

Cem anos atrás ...

Estourando pela porta da frente, os dois amigos se abraçaram nas costas.

A corrida que terminou fora da mansão Stjepan foi um empate.

Eles riram e trocaram piadas vulgares, como bons amigos costumam fazer.

Eles estavam voltando de uma noite de problemas e encontraram duas belezas que haviam satisfeito suas necessidades de um pouco de ouro e um pouco de comida.

Mal sabiam eles que tinham dado um pouco do sangue de suas vidas para alimentar os dois vampiros.

Ao atingirem a idade de vinte e cinco anos, sentiram que o mundo era deles.

E eles ainda estavam se recuperando das experiências de seis meses atrás.

Foi então que um vampiro idoso os encontrou em uma noite semelhante a esta.

E ele os tinha tornado seus.

Temendo por suas vidas, eles ficaram gratos por continuar respirando.

E sendo jovens, eles não haviam terminado de semear sementes silvestres.

Vladimir sorriu indulgentemente com essas lembranças, mas ele precisava se concentrar nos eventos mais recentes.

Suspirando profundamente, ele voltou ao tempo alguns meses antes da morte de Đurđa.

Noventa anos atrás ...

Vladimir foi convidado por Stjepan para visitá-los.

Os dois amigos não se viam há dois anos, ambos ocupados com seus casos e aprendendo mais sobre a antiga arte do vampirismo.

Cada um havia supervisionado a propriedade do outro por um período de tempo sob a tutela de seu mestre, Mihael, e agora eles deveriam renovar sua amizade e celebrar o retorno de Đurđa, a irmã de Stjepan.

Ele tinha estado fora da escola nos últimos doze anos.

Ela era apenas uma criança da última vez que Vladimir a vira.

Mas ele se lembrava dela como se fosse ontem.

Ela os seguia como um cachorrinho, se eles permitissem.

Tudo antes de suas respectivas transformações, então havia apreensão em sua receptividade para os dois.

Đurđa tinha nove anos no ano em que se conheceram.

Um casamento tardio com o pai de Stjepan a engendrou.

Ele tinha cabelo loiro levemente leitoso e um sorriso muito bonito.

No último dia antes de sair para a escola, ela havia anunciado suas intenções de se casar com Vladimir, entre risos, mas não as dela.

Ele tinha uma expressão calma e séria quando disse isso.

Vladimir tinha sido muito cuidadoso, inclinando-se sobre a mão dela e agradecendo pelo elogio.

Então ele desapareceu dentro de casa, para não ser visto novamente até depois que ela se foi.

Ele estava ansioso para ver a jovem mulher em que ela se tornara.

Ele esperava que ela tivesse superado o que ele esperava ser uma fantasia passageira para ele.

Subindo os degraus, ele ergueu a aldrava duas vezes e esperou pacientemente que ela abrisse.

Ele foi rapidamente apresentado pelo mordomo de Stjepan.

Ele entregou-lhe as luvas e o chapéu e estava tirando o casaco quando ouviu um leve ruído nos degraus da escada.

Olhando para o barulho suave, seu coração parou de bater por um momento.

Movendo-se lentamente, a criatura mais linda que ele já vira desceu em sua direção.

Seu cabelo estava habilmente arrumado para expor o formato de seu pescoço de cisne, seus vívidos olhos é xerez estavam fixos nos dele e seus lábios se curvaram em um sorriso tímido.

Ela estava elegantemente vestida com um vestido cintilante do amarelo-manteiga mais claro que beliscava sua cintura e deixava a parte superior de seu peito exposta aos olhos festivos dele, com sapatinhos adornando seus pés e mostrando um pouco do tornozelo a cada descida.

Vladimir ergueu um dedo para ajustar o colar, único sinal de que estava perturbado com a beleza dela e com a onda inesperada de desejo pela irmã do amigo.

Ele limpou a garganta na tentativa de recuperar o controle.

Ela deslizou em direção a ele, espalhando os dedos, que ele apertou alegremente e rapidamente trouxe aos lábios.

Đurđa riu, lembrando-se de que esse foi o último gesto que ela fez a ele quando tinha nove anos.

Ela separou os lábios ao escovar os lábios nus contra sua carne e esperou que ele terminasse a reverência.

"Đurđa, você está linda. E não há nenhum sinal à vista de que o diabinho travesso está nos perseguindo. É bom ver você."

"Meu caro conde Vladimir, não sou mais aquela garota. Espero ser mais refinado do que isso."

Sua voz musical alcançou seus ouvidos e ele a saudou.

Ele sentiu um nó no peito com o simples toque de seus dedos nos dela.

"Venha para o escritório. Stjepan disse que se juntaria a nós em breve. Na minha impaciência, deixei-o terminar de dar as instruções para o jantar a Helena."

Vladimir estava disposto a segui-la até o escritório, com o cuidado de manter os olhos em seu pescoço e não em seus quadris, mas era difícil.

Ele ajustou o pescoço mais uma vez.

Đurđa se virou inesperadamente e se jogou nos braços de Vladimir.

Ele não teve escolha a não ser pegá-la.

Ela virou o rosto para o ombro dele e o abraçou com força.

Vladimir podia sentir o contorno do corpo dela pressionado contra o seu, e ele sabia que estava indelevelmente impresso em sua mente.

Ele gentilmente removeu os braços de seu pescoço depois de segurá-la brevemente e colocá-la diante dele mais uma vez.

"Senti sua falta, Vladimir! Eu sei que isso é cruel e feminino, mas é verdade. Eu estive contando o tempo até nos encontrarmos novamente. Me desculpe!"

Ele cobriu a boca dando um passo para trás.

"Por favor, não se desculpe, Đurđa. Eu ... senti sua falta também. Eu não tinha percebido o quanto."

Vladimir ficou surpreso ao se ouvir dizer isso, pois pretendia dizer algo bem diferente.

Ele não iria retirá-lo, especialmente quando seus olhos brilharam ainda mais e seus lábios se separaram novamente.

Galantemente, ele deslizou sua mão pequena na curva de seu cotovelo e a colocou, reclinada, em um pequeno sofá.

Ele fez um pequeno lanche, voltando para o lado dela e inclinando-se enquanto entregava a ela.

Stjepan juntou-se a eles então, diabolicamente bonito por direito próprio.

Eles conversaram um pouco até a hora do jantar.

Então eles se mudaram para a sala de jantar e continuaram sua convivência.

Stjepan ficou perplexo com as tendências ocultas e os olhares entre sua irmã e sua amiga, mas atribuiu isso ao novo reencontro.

Mais tarde naquela noite, ele ficou perplexo, percebendo que estava testemunhando os dois se apaixonando à mesa.

Nos dias que se seguiram, Stjepan deu-lhes suas bênçãos.

Vladimir e o recém-chegado Đurđa só moraram juntos em sua casa por uma semana antes de a tragédia acontecer.

E Vladimir não via Stjepan, com suas promessas de retribuição, desde aquela noite terrível.

CAPÍTULO XXXII

Em sua mente, Vladimir revisitou a casa através do que estava em suas memórias.

Ele estava preparado para ir resgatar Kristina.

Sabendo que Stjepan estaria esperando, ele foi até a porta da frente e a chutou, em uma explosão de força sobrenatural.

Stjepan estava parado do outro lado da entrada, nem um pouco assustado com sua entrada violenta.

Kristina também foi levada para lá com um pano macio cobrindo sua boca.

Seus olhos estavam enormes e puxaram os de Vladimir quando ele a viu amarrada ali, bebendo deles ao ver seu amor nas garras do demônio.

"Você é bem conhecido, Vladimir. É bom que se junte a nós."

Provocadoramente, Stjepan curvou-se ligeiramente, sem tirar os olhos de Vladimir.

Sua mão pairou sobre a espada, sem tocá-la.

Seu reflexo lançava sombras na parede, dançando alegremente com o corredor iluminado.

"Stjepan! Eu juro por tudo que é sagrado que se você danificou um fio de cabelo na cabeça de Kristina ..."

Apesar de suas emoções ao confrontar seu velho amigo, Vladimir foi brilhante em sua fala, uma nota mortal evidente em seu discurso.

Ele estava tocando o colar, passando-o entre os dedos, certificando-se de que Stjepan o visse ali.

Enrolando em torno de seus dedos, acariciando o veludo, provocando em troca.

Posando como imperturbável ao ver o tesouro familiar e reprimir sua raiva sem mitigação, Stjepan simplesmente deu de ombros.

"Meu caro Vladimir, venha. Meu desprezo e minha raiva estão reservados para você, não para esta querida e doce menina. Devo dizer-lhe que a carne dela é suculenta, flexível e muito saborosa."

Stjepan passou uma mão aparentemente descuidada pelos cabelos de Kristina.

Kristina ficou horrorizada com seu comentário e tentou projetar a falsidade de suas palavras em Vladimir.

Enfurecido, Vladimir voou em direção a Stjepan, que aproveitou o ar que vinha em sua direção para sua rápida vingança.

Eles se encararam no meio da sala, lutando corpo a corpo.

Parecia que eles quase haviam esquecido suas espadas enquanto se atacavam com uma raiva amarga, as garras estendidas.

Eles se engajaram pelo que pareceram horas, sem ceder um centímetro, ambos segurando seus ressentimentos e alimentando seu ódio com o contato.

Com assobios e grunhidos, eles roeram a placa fria da vingança com paixões ardentes alimentadas com veemência.

Segurando Stjepan, Vladimir pressionou a palma da mão contra o queixo do oponente, com força, mas lentamente, forçando sua cabeça para trás para mantê-la afastada.

Saber que Stjepan poderia facilmente rasgar sua carne com suas presas, encerrando essa luta rapidamente.

Stjepan agarrou sua garganta abruptamente, cerrando com força o punho cerrado em seu abdômen.

Ele enviou o homem voando pelo ar, onde ele pousou com um estrondo impressionante do outro lado da sala de entrada.

O salão trovejou com a força ressonante do impacto.

A parede contra a qual ele pousou tremeu.

Uma rachadura se abriu diagonalmente da base até o teto.

Atordoado por um momento, Vladimir estremeceu ao se levantar do chão onde havia afundado.

Ele foi repentinamente atingido novamente, sendo forçado a se apoiar na parede mais uma vez, acompanhado por um rosnado zangado de Stjepan.

Os dois retomaram a luta mais uma vez.

Golpe após golpe rasgando a carne que lentamente se curava conforme a luta progredia.

Stjepan tinha um lábio sangrento e Vladimir tinha um corte no olho.

Kristina ficou tensa contra suas restrições e tentou freneticamente puxar o pano da boca.

Ela quase o libertou agora.

Ela estremeceu ao vê-los trocar mais golpes corporais.

Ela desejava mais força usando todas as reservas de força que tinha dentro de si.

Gabrijel e Helena assistiam da porta da sala de jantar, imóveis, mantendo-se fora do caminho.

Estourando pela porta naquele momento, Anđelko e Goran entraram com uma garota a reboque.

Todos eles pararam no início do que estava acontecendo antes deles.

A garota diminuta levantou o capuz de sua capa, revelando cascatas de cabelo cobre e olhos verdes brilhantes e questionadores, olhos que combinavam com os retratos nas paredes do escritório de Stjepan.

Gabrijel e Helena soltaram gritos de alegria ao vê-la.

Abandonando seu posto e correndo para abraçá-la com seus corpos, todos falaram com entusiasmo.

Vladimir e Stjepan não perceberam que estavam presos entre a rivalidade e a concentração.

Nesse exato momento, Kristina conseguiu soltar a boca.

Respirando fundo, ela gritou ao mesmo tempo que a menina, que ao receber o abraço de seus pais foi surpreendida pela cena que se desenrolava diante dela.

"Vladimir!" Kristina estava gritando freneticamente a plenos pulmões.

"Stjepan!" Katarina implorou a ele, lutando para escapar das garras dos pais.

Ambos os vampiros ficaram surpresos com o poder de sua capacidade pulmonar combinada e fala inesperada.

Forças invisíveis os forçaram a se separar e procurar as mulheres.

Stjepan cruzou o corredor com velocidade impressionante para pegar Katarina em um abraço de urso assustador.

Ela retribuiu com igual fervor.

Vladimir segurou o rosto de Kristina entre as mãos e levou seus lábios aos dela em um beijo longo e apaixonado.

Finalmente, ele procurou a verdade nos olhos dela e a encontrou ali, fechando os dele brevemente com alívio.

Ele sabia que Stjepan não a tinha prejudicado.

Ele a libertou de sua escravidão, puxando-a para perto de seu corpo para abraçá-la.

Ela colocou os braços em volta do pescoço dele, grata por ele finalmente estar com ela mais uma vez.

Dirigindo-se aos outros com Kristina enrolada firmemente ao seu lado, ele examinou a cena à sua frente.

Saber que isso não acabou; Ele os conduziu cuidadosamente até o grupo na porta.

Stjepan ergueu os olhos, segurando sua linda garota nos braços.

Ele estava tremendo pela batalha e por ver Katarina.

Ele observou o movimento de Vladimir, mas não fez nenhum movimento raivoso em sua direção.

Suspirando profundamente e correndo os dedos pelos cabelos, ele esperou pelo próximo incêndio, mas a luta e a necessidade de vingança haviam deixado seu corpo.

Ele sabia o que tinha em seus braços e odiava deixá-la ir, já que ela parecia ser dele.

Qualquer efeito residual que Kristina havia dominado nele era transmitido magicamente à beleza ígnea que agora sabia que realmente havia perdido o coração.

Silenciosamente, ele acenou com a mão em direção à mesa da sala de jantar que havia preparado.

Afinal, ele foi um anfitrião cortês.

SÉTIMA PARTE
STANKOV

CAPÍTULO XXXIII

Stankov moveu lentamente cada membro de seu corpo, despertando torrentes de desconforto.

Ele sentia dor de cabeça e raiva no coração.

Demorou um pouco para se levantar do chão frio.

Curvando-se sobre os joelhos, tentando recuperar o fôlego enquanto o ar frio da noite rasgava sua alma, ela grunhiu com esforço.

Sendo que ele era mais soldado do que líder, apesar de sua bravata no início da semana, ele sabia que tinha que pensar cuidadosamente sobre suas escolhas.

Se Stjepan destruir Vladimir, então ele só precisará destruir o coração de um vampiro e o contrário também é válido.

Ele se moveu pesadamente.

E oh, sua cabeça doía, ela tinha lágrimas se formando em seus olhos por causa desse fardo e ela estava tremendo de frio e umidade.

Aquela pequena prostituta tinha muito a responder e ele iria ensiná-la as respostas adequadas.

Ele não conseguiu esboçar um sorriso diante de seus pensamentos obscenos devido à sua miséria abjeta, então ele começou a caminhar em direção à mansão de Markovic.

CAPÍTULO XXXIV

Enquanto eles se abraçavam, Kristina se debatia contra o lado de Vladimir.

Ele imediatamente apertou seu controle sobre ela, silenciosamente forçando-a a ficar assim e rosnou baixinho em sua testa.

Ele não o fez com nojo do ocorrido, mas com a necessidade desesperada de abraçá-la.

Ele não pôde evitar pensar que quase a tinha perdido, então se manteve firme.

Ele ficaria arrasado se ela realmente se perdesse para ele.

Vladimir não tinha terminado com Stjepan, mas isso podia esperar.

O conforto e a segurança de Kristina eram os pensamentos mais importantes em sua mente.

"Meu senhor Stjepan, se eu pudesse me refrescar antes de nos encontrarmos à mesa, ficaria grato." Kristina tentou ser respeitosa com os dois homens ao dizer isso.

Na esperança de evitar causar qualquer animosidade por seu pedido.

Ele sentiu a respiração dela pegar seus pulmões.

Vladimir estremeceu internamente com sua educação e falta de raiva com a situação.

Eu não estava tão intimidado.

No entanto, ele apressadamente reavaliou a cena em sua mente.

No momento, ele teria que esperar seu tempo, ele decidiu.

Mas não muito.

Ele esperou até agora para descobrir o que realmente acontecera com Đurđa naquela noite terrível e obteria respostas.

Ele não podia esperar mais.

Ele precisava da expiação ou culpa por sua morte, mas não desse limbo.

Portanto, seria resolvido de uma forma ou de outra esta noite.

Então Stjepan testemunharia o terror que causou a sua preciosa Kristina, que era o que havia sido prometido.

Katarina apoiou Kristina pedindo para se refrescar também.

Relutantemente, porque não queria se separar dela, Stjepan permitiu que ele o fizesse, mas não antes de beijá-la na têmpora.

Ele estava ciente de que ainda poderia ficar sem ela se não tomasse cuidado.

É por isso que ele demorou a responder ao seu pedido, não querendo que esta fosse a última vez que ele a segurasse em seus braços.

Katarina estremeceu ao apreciar o toque dos lábios dele, apesar de seus melhores esforços para se manter distante, pois ainda não estava pronta para compartilhar seus sentimentos por Stjepan.

Um ponto discutível com base na persistência dela em continuar no conforto de seus braços.

Ele se afastou de Stjepan e, acenando com a cabeça na direção de Kristina, levou-a a um quarto de hóspedes para que pudessem se refrescar e talvez conversar.

O resto do grupo foi silenciosamente para a sala de jantar e esperou seu retorno.

Uma trégua estranha se seguiu entre Vladimir e Stjepan enquanto eles vagavam pela sala mantendo-se fora do caminho um do outro.

Vários pensamentos correndo desenfreados nas mentes dos vampiros fizeram com que ambos murmurassem desaprovação baixinho.

Vladimir foi até a janela para olhar cegamente para a escuridão da noite, perguntando-se para onde foi toda a sua raiva.

Ele se pegou pensando seriamente pela primeira vez se ele e Stjepan conseguiriam resolver suas diferenças.

Mas ele manteve esses pensamentos para si mesmo.

Stjepan parou à mesa para pegar algumas uvas.

Mastigando pensativamente, ele ficou imóvel, imóvel, ponderando consigo mesmo.

O turbilhão de emoções que ele causou uma dor momentânea em sua cabeça.

Se ele deveria manter sua raiva residual ou aceitar a possibilidade de Katarina e seu amor lutar pela supremacia em seus pensamentos.

Ele ergueu a mão para esfregar a nuca, tentando aliviar a pressão e depois beliscar a ponte do nariz.

Finalmente, o entendimento foi resolvido.

Ele não precisava ficar sozinho nisso, essa era sua escolha.

Para manter o frio conforto da raiva que havia governado sua vida por tanto tempo ou para encontrar o calor e a alegria de estar nos braços de Katarina.

O impacto combinado que Kristina e Katarina tiveram sobre elas foi profundo e por decência para seus respectivos amores, elas continuariam a se cercar com cautela, se encarando, mas se absteriam de mais violência até seu retorno.

Não querendo dar ao outro uma polegada ou uma vantagem, eles esperaram.

Cada um estava curioso sobre o que estava por vir, mas por enquanto reservariam suas forças individuais e esperariam o fim.

CAPÍTULO XXXV

Goran olhou ao redor maravilhado com as visões e cheiros.

Os aromas de caríssima carne assada lentamente, molho e abóbora suculenta nas terrinas cobertas fizeram suas papilas gustativas salivar de ansiedade.

Ele esperava que eles pudessem comer logo, quando seu estômago roncou com a lembrança de seu magro café da manhã há muito tempo.

Ela deu um tapinha na barriga como se para acalmá-la, com pouco sucesso.

E ele olhou com saudade para os vinhos finos que estavam disponíveis para acompanhar o jantar.

Ele mexeu na cintura, rasgando e se preocupando com o desenrolar de uma corda.

Anđelko sorriu indulgentemente para ele enquanto observava o jogo de emoções em seu rosto, adivinhando corretamente os pensamentos de seu jovem companheiro.

Ele tentou ser mais prático, mas o belo rapaz tinha seus pensamentos sobre outros apetites que precisavam ser satisfeitos.

Ele pensou melhor em sugerir que os dois se retirassem para o celeiro para ver os cães e os wolfhounds, mas ele teve que esperar caso seu mestre precisasse.

Ela suspirou, ignorando o peso profundo em sua barriga ao ver Goran em sua inocência e beleza.

Seu desejo de abraçar Goran e beijar sua doce boca teria que esperar por qualquer desfecho.

Ele sabia que se arrependeria se ele ou Goran morressem, mas ele viveu uma vida longa e suas memórias recentes dos braços e do corpo de Goran eram um conforto para ele.

Oh, o amor que eles compartilharam foi lindo e maravilhoso.

Fazia muito tempo que ele sentia tanto amor e tê-lo encontrado com Goran ainda era uma coisa incrível para ele.

A sensação era boa e realmente gloriosa.

Uma ou duas vezes mais que deleitou seu prazer no pasto para todas as ovelhas ouvirem.

Goran o agradara muito e ele sabia que agradara ao menino.

Ele não podia esperar até encontrar aquele momento novamente.

Ele parou resolutamente em uma extremidade da mesa, Goran ao seu lado, observando os homens silenciosos e taciturnos.

Quando ninguém estava olhando para eles, ele correu os dedos pela nuca de Goran, deixando-o saber que estava pensando neles e no tempo que passaram juntos.

Foi o primeiro gesto que ela fez desde que acordou com ele naquela manhã.

Goran quase ronronou sob o contato, mas conseguiu se conter.

Ele não queria dois pares de olhos torturados olhando para ele.

O pequeno gesto de conforto foi o suficiente por agora.

CAPÍTULO XXXVI

Kristina conhecia bem as intenções de Katarina e, de fato, gostou da oportunidade de conversar com ela, tendo testemunhado a paixão que irrompeu entre ela e Stjepan.

Agora ela tinha mais certeza de sua posição sobre o assunto e estava satisfeita com isso.

Ele passou uma escova no cabelo, esperando pacientemente que a bela jovem começasse primeiro.

E ele não teve que esperar muito.

"Meu nome é Katarina. Não sei quem você é ou quem o resto de vocês está com você. Mas agora vou dizer que não haverá derramamento de sangue aqui." Ela bateu o pé enfaticamente. "Vejo que meu retorno aqui colocou algo em espera. Mas haverá uma ordem restaurada nesta casa antes do fim do dia. Agora, você vai me contar sua história." Ele disse com grande curiosidade e determinação em sua voz.

Ela estava parada atrás de Kristina sentada, que estava escovando descuidadamente seus cachos e procurando seus olhos no espelho.

"Obrigado, Katarina. Eu sou Kristina e o homem com quem estou é Vladimir. Precisamos conversar."

Katarina estremeceu, franzindo os lábios ao ver o temperamento discreto e a fala sem emoção de Kristina.

Ele sabia muito bem disso antes de ver o fogo interno em seus olhos ao se libertar de suas amarras.

Este era tão teimoso quanto ela e eles não tinham tempo para sentimentos covardes.

Stjepan estava em perigo e estaria condenado se algo acontecesse com ela por ser educada.

Kristina ao ver sua expressão sentiu seu temperamento aumentar em resposta.

Que direito essa garota tinha de julgá-la?

Respire Kristina e seja direto.

Ela pode lidar com isso.

Veja as faíscas em seus olhos e a vibração de seu cabelo à luz.

Este tem paixão de sobra e não é burro.

Retendo seus primeiros pensamentos venenosos enquanto mantinha seu alvo à vista, ele continuou:

"Tenho muito a lhe contar sobre eventos recentes e o que sei sobre eventos passados. Portanto, é bom que você esteja preocupado. Com isso não quero dizer que você ou sua família me desrespeite. Mas também não o considero um tolo. . Você e eu podemos fazer muito bem juntos. E agora vou lhe contar tudo, sem poupar detalhes. "

Kristina parou para respirar fundo e depois explicou tudo o que sabia com cuidado para Katarina, com calma.

Katarina absorveu tudo em silêncio, erguendo as sobrancelhas várias vezes e a certa altura tinha um brilho rebelde nos olhos enquanto Kristina revelava o que havia acontecido em seu banheiro.

Quando Kristina interrompeu suas explicações, Katarina estava com as perguntas prontas.

"Kristina, obrigado por sua franqueza e entusiasmo. Stjepan pode ser teimoso e nem sempre ouve a voz da razão. Suspeito o mesmo de seu Vladimir."

Katarina lançou seus pensamentos sobre o assunto em voz alta.

Kristina ergueu as sobrancelhas com o uso familiar do nome de Stjepan e as suposições flagrantes em seu discurso.

Ele então riu, percebendo que Katarina era uma alma gêmea em teimosia e amor e que eles poderiam unir forças para quebrar o impasse entre Stjepan e Vladimir.

Ainda rindo, Kristina disse:

"Oh, Katarina, tenho a sensação de que seremos grandes amigos. E gostaria que fizéssemos as pazes entre os dois. Não viverei em uma situação de desconforto, apesar do meu amor por Vladimir. Nem você deveria. Já era hora disso diferenças e reclamações estão resolvidas. Esta é a minha sugestão ... "

As duas meninas se reuniram e conversaram em silêncio por mais de meia hora antes de decidirem seus planos.

Abraçados e com o brilho da batalha nos olhos e com passos determinados, eles voltaram com os outros para a sala de jantar.

CAPÍTULO XXXVII

Os dois homens ergueram os olhos de seus pensamentos ao entrar e imediatamente ficaram preocupados com as expressões concentradas que cada bela possuía.

Quase que por acidente, eles começaram a verbalizar seus pensamentos em suas cabeças e a transmiti-los ao outro sem querer.

Outro elo perdido que estava se restabelecendo rapidamente.

Quando eles estavam lutando antes, eles mantiveram suas intenções fechadas para não inclinar a batalha para o outro lado.

Mas agora eles estavam preocupados com a ideia do que essas duas mulheres tinham reservado para eles.

Que mal é esse? Vladimir refletiu.

Normalmente ele estava no comando de todas as suas emoções, mas a visão de uma luta aberta com Kristina seria quase sua ruína.

Com o peito arfando, seus longos cabelos se agitando enquanto ela caminhava, ela caminhou em direção a ele com um propósito, com a testa franzida.

Esta não era a mesma mulher que se agarrou a ele antes.

Onde ela desapareceu?

Esta harpia que se aproximava não tinha amor em seus olhos agora.

Ele suspirou melancolicamente, desejando poder enfrentar Stjepan novamente.

As mulheres eram complicadas e provavam ser mais do que a maioria.

Stjepan riu dos pensamentos de Vladimir, mas estava igualmente preocupado.

Sua Katarina tinha uma expressão rebelde e preocupação nos olhos, mas estava determinada.

Suas bochechas estavam inchadas e a agitação nublava suas belas feições.

O que eu fiz agora?

Estou apenas protegendo minha casa e minha família.

E ela era sua família, estivesse ela disposta a admitir ou não.

Na verdade, ele engoliu em seco, nervoso, porque ela não estava nem um pouco intimidada por ele.

Ele viu isso agora.

Mesmo com todos os seus poderes de vampiro e raciocínio lógico, ela não estava com medo.

Ela não tem medo dele!

Os olhos de Stjepan se arregalaram de espanto.

Isso significava que ela realmente o amava, porque mais ela faria isso?

Naquele instante, Stjepan e Vladimir realmente se entreolharam com pena.

Essas mulheres encantadoras e poderosas pareciam invictas e desarmadas.

Que espetáculo para ser visto!

As mulheres, começando com o plano combinado, abordaram os homens e, pegando cada um pelo braço, conduziram-nos à mesa.

Sentados frente a frente no meio, com as mulheres ao lado, ninguém se sentava na frente.

Em silêncio, Anđelko e Goran sentaram-se do outro lado da linha para observar o desenrolar dos acontecimentos.

Helena e Gabrijel se aproximaram e serviram taças de vinho para todos e depois se retiraram para assistir da porta da cozinha.

Vladimir e Stjepan tentaram se encarar, Stjepan sufocado por uma leve pancada na canela do sapato de Katarina e a parte interna do cotovelo de Vladimir beliscada por Kristina.

Ele pensou em repreendê-la, mas mudou de idéia.

Ele se recostou na cadeira, parecendo calmo, mas muito alerta, enquanto bebia o excelente vinho da adega Stjepan.

Os dois homens esperaram, resignados com o fato de as mulheres estarem no comando agora.

Um silêncio mais profundo desceu sobre todos eles, fazendo com que até o tique-taque do relógio batesse em um ritmo cortante que reverberava com o silêncio absoluto da sala.

O nervosismo das emoções reprimidas girou em círculos até que a tensão atingiu níveis insuportáveis.

Goran, que não entendia tudo o que estava acontecendo, se mexeu desconfortavelmente confuso.

A fragilidade do silêncio na sala foi quebrada por seus movimentos.

Kristina inclinou a cabeça na direção de Katarina, indicando que ela deveria agir primeiro.

Katarina respirou fundo.

Ela olhou cada um deles nos olhos.

Satisfeita por ter toda a sua atenção, ela começou.

"Stjepan e Vladimir, esse desentendimento entre vocês termina esta noite. Não vamos tolerar seu ódio um pelo outro nem mais um minuto."

A voz de Katarina era baixa e firme em sua fala.

Suas mãos estavam descansando em seus quadris enquanto falava com cada um deles.

"Dito isso, sabemos que eles têm diferenças a resolver um com o outro e não vamos levantar desta mesa até que tudo seja resolvido."

Katarina se virou para Stjepan agora, pegando seu braço, seus olhos suplicantes e amor brilhando claramente pela primeira vez para que todos vissem.

"Eu te amo, Stjepan. Não desistirei desse amor por sua inimizade, mas estou preparado para isso. Vou deixar esta casa esta noite se você continuar sua vingança."

Stjepan sentiu o coração inchar ao ouvir suas palavras de amor e Katarina prendeu a respiração ao revelar seus sentimentos a ele pela primeira vez.

Seu sangue latejava e seu braço formigava onde ela o segurava.

Ele estava indefeso contra sua paixão, beleza e inteligência.

Ele esperou muito tempo para que sua Katarina se transformasse nessa adorável jovem.

Uma mulher que poderia e seria sua verdadeira companheira se tivesse algo a ver com isso.

Ele estava preparado para fazer o que fosse necessário para mantê-la ao seu lado.

Até conserta as coisas com Vladimir.

No entanto, ele não conseguia, em seu orgulho, ceder tão facilmente, então simplesmente grunhiu e permaneceu em silêncio.

Oh, isso despertou Katarina com pesar.

Mas ela podia ver que não se deu melhor com Vladimir.

Ela tinha um leve sorriso no rosto, como se Katarina tivesse descrito Stjepan como um jovem insensível e não um homem.

Oh, eu não teria perdido isso por nada no mundo! Ele pensou para si mesmo.

Ver Stjepan parecendo envergonhado foi como uma música tocando em seu coração.

Ele deu uma risada curta para Stjepan, que estava se contorcendo na cadeira.

Katarina o encarou por um segundo e o viu erguer uma sobrancelha ao ver sua expressão feroz, e então decidiu que esse era o problema que Kristina tinha que controlar.

Ver sua nova amiga respirar fundo e então encarar Vladimir do outro lado da mesa a fez sorrir com antecipação.

Kristina bateu os nós dos dedos na mesa para chamar sua atenção para ela.

"Vladimir!" Kristina gritou com ele em uma explosão de raiva, seus olhos se estreitando em consternação quando ela se levantou.

Ela claramente não percebeu o risco que correu se continuasse a se comportar de forma tão descarada, Katarina pensou consigo mesma.

Stjepan parecia satisfeito porque agora ele também receberia o que merecia.

Ele re-nivelou o campo de jogo em seus olhos.

Os dois vampiros ainda não estavam completamente de acordo, mas sua rivalidade havia diminuído seriamente com o advento das mulheres.

"Quando Katarina falava a verdade, ela também falava por mim. Resolva suas diferenças ou não há mais. Eu sou um enfeite para sua mansão, mesa ou cama. Homens! Bah! Tudo o que vocês fazem é pegar, tomar e beber! Dividir para conquistar. Aonde isso o levou? Certamente nenhuma das respostas às perguntas que você sempre tentou revelar! Se você não aproveitar esta oportunidade aqui e agora para fazer amizade com Stjepan novamente, não tenho utilidade vocês! "

Foi então que todos perceberam que Kristina estava usando o dedo para socar Vladimir no peito para afirmar sua posição.

Sua estatura diminuta onde ela estava era incongruente com sua influência dominante, mesmo enquanto ele estava sentado.

No entanto, Vladimir se endireitou e gentilmente cobriu o dedo dela com a mão.

"Muito bem, Kristina. Ordem e eu obedeço, neste caso. Você sabe que posso segurá-la, mesmo se você tentar escapar, e embora isso possa ser divertido, estou ouvindo o que você está dizendo."

Vladimir fez uma tentativa de manter o senso de humor longe da voz ao dizer isso, mas falhou miseravelmente.

Ela era dele e permaneceria se ele tivesse que acorrentá-la ao seu lado.

Kristina não disse nada, apenas esperou que ele continuasse enquanto seu pé batia no chão.

"Você me conquistou com seu amor e natureza ardente e ardor. Farei todos os esforços para encontrar Stjepan na metade deste empreendimento."

Vladimir então levou a mão aos lábios e beijou os nós dos dedos dela.

Atordoada por sua rápida capitulação e seu beijo, ela afundou na cadeira, os olhos arregalados com o redemoinho escuro de paixão nos dela.

Então ele soube que tudo ficaria bem.

Todo ele.

Vladimir e Stjepan.

Ela e Vladimir.

Eles viveriam como iguais em sua aliança para sempre.

Ela fechou os olhos com alívio, amor e gratidão.

Olhando para Stjepan pela primeira vez sem calor nos olhos, Vladimir começou.

"Stjepan. Você já foi irmão da minha alma. Meu melhor amigo. Você e eu fizemos tudo juntos, compartilhamos tudo, incluindo o amor de elurđa. Senti sua falta mesmo quando não te reconheci. Não tenho o direito de me desculpar, porque você Eu falhei Đurđa. Eu falhei porque não dei ouvidos a sua angústia. Mas eu nunca o teria machucado. Você deve saber disso! Não podemos resolver nossas diferenças? Se não pode ser uma amizade de novo, pelo menos um acordo de paz?"

Ele ficou em silêncio após suas palavras em voz baixa.

Stjepan passou os dedos pelos cabelos e soltou o ar, ciente de uma Katarina vigilante ao seu lado, a mão enroscada na dele sob a mesa.

"Vladimir, meu coração foi arrancado do meu corpo quando eu vi Đurđa. Eu parei de viver naquele momento. Era tudo que eu tinha! Era tudo o que havia de bondade e luz neste mundo! E eu confiei a você!"

Inveja amarga que saiu de seus lábios.

Stjepan gemeu naquele momento, sentindo-se triste com sua dor.

Dor que nunca experimentei.

Ele sondou as profundezas de sua alma, correu em suas veias e deixou seu corpo em grandes soluços.

Katarina imediatamente e sem reservas colocou os braços em volta dele, balançando-o suavemente, cantando em seu ouvido.

Ele olhou para cima e viu lágrimas silenciosas escorrendo pelo rosto de Vladimir de forma incontrolável e sem vergonha.

Kristina estava cuidando dele e de suas necessidades também, roçando os dedos suavemente em suas bochechas, pressionando beijos suaves onde estavam as trilhas de lágrimas.

"Chore, meu amor. Deixe os venenos do passado deixarem seu corpo de uma vez por todas. Lembre-se de como Đurđa era boa e saiba que estarei ao seu lado enquanto você faz isso."

Katarina continuou suas entoações suaves, apenas segurando Stjepan perto do coração, permitindo que seu amor por ele o envolvesse na nuvem de seu ser.

Então ele estendeu a mão para ela, envolvendo seus próprios braços ao redor de seu corpo trêmulo, aceitando seu presente de sustento.

Depois de um momento de silêncio, ela enxugou as lágrimas derramadas e a tristeza do rosto, onde haviam se acomodado, tentando recuperar a compostura.

Quando o fez, percebeu que Vladimir e Kristina haviam se mudado para o lado dela.

Levantando-se com uma graça poderosa, ele pegou Vladimir em um abraço de urso de grande magnitude.

Os dois amigos choraram juntos pela perda mútua.

Compartilhando sua dor por saberem de tudo o que aconteceu em tempos anteriores.

Eles se abraçaram por minutos, seus companheiros de pé ao lado deles também prontos para oferecer seu próprio conforto quando solicitados.

Finalmente, eles se separaram para sentar juntos e continuar seu duelo.

Tudo estava silencioso e quieto, exceto pela respiração difícil dos dois vampiros, antigos amigos íntimos, então inimigos amargos, e agora lamentando um pelo outro, juntos mais uma vez.

CAPÍTULO XXXVIII

Sabendo instintivamente que os quatro precisavam de um tempo sozinhos, os outros deixaram a sala de jantar.

Helena e Gabrijel para a cozinha.

A sopa ainda precisava ser cuidada.

Tinha sido deixado para aquecer no enorme fogão de ferro fundido para servir.

Helena acrescentou uma pitada de sal e pimenta à mistura, provando-a para a aprovação final.

Gabrijel varreu o chão para ajudar sua Helena.

Seu amor por ela e sua filha iluminando seus olhos enquanto ela observava seu amor temperar sua sopa.

Ele pensou que era um homem de muita sorte quando seu olhar pousou em sua bunda arredondada.

Ela ainda estava causando nele uma onda de luxúria e desejo depois de todos esses anos.

Ele começou a cantarolar baixinho enquanto seus pensamentos se voltavam para mais tarde naquela noite, depois que eles partiram.

Goran e Anđelko foram para os celeiros.

Assim que saíram de olhares indesejáveis, eles se abraçaram nas sombras escuras do celeiro.

Com uma lanterna que fazia lampejos de luz fraca capturar suas silhuetas enquanto eles balançavam juntos.

A dupla dançou na frente das criaturas adormecidas que habitavam o celeiro.

Os toques suaves ficaram mais apaixonados conforme os minutos passavam.

Os beijos suaves ficaram mais quentes, as mãos viajando livremente uma sobre a outra, deixando de lado as roupas.

Ruídos de amor ficaram presos no fundo de suas gargantas e ficaram presos em suas bocas.

Foi assim que Stankov os encontrou, remexendo em suas roupas.

Ele silenciosamente zombou do casal abraçando enquanto ele se aproximava.

Perto.

Ainda mais perto.

Darija e Roko se amontoaram para se aquecer após os acontecimentos do dia, os cavalos silenciosamente bebericando comida de baldes de aveia próximos.

Eles se levantaram imediatamente, com os cabelos em pé e a boca aberta de espanto.

Mas acabou sendo tarde demais.

Stankov quebrou um pedaço de pau pesado na cabeça de Goran, antes que Anđelko pudesse reagir.

Ele caiu no chão inconsciente com sangue cobrindo a parte de trás de sua cabeça, uma grande mancha em evidência.

Anđelko rugiu de raiva e pena do corpo atirado de seu amante e se lançou contra Stankov, enquanto Darija e Roko, já acordadas do barulho, estavam em seus calcanhares.

Stankov os atacou com sua clava, fazendo o possível para mantê-los afastados, mas eles avançaram sobre ele de todos os lados.

Quando um ou outro foi encarado pelo balanço selvagem de Stankov, os outros dois continuaram seu caminho adiante.

Centímetro por centímetro, Stankov estava perdendo terreno.

Finalmente retrocedendo até a parede do celeiro.

E ainda assim eles continuaram avançando.

Era difícil determinar quem estava mais furioso, Anđelko ou os cães.

A saliva cobria cada uma de suas mandíbulas inferiores, uma intenção assassina em seus olhos.

E como Stankov não conseguia ver para onde estava indo, deu passos lentos e medidos em retirada.

Sua respiração estava irregular com seus esforços, seus olhos arregalados e desfocados, golpeando cegamente agora enquanto a realidade de sua situação tomava conta dele.

Tropeçando em um pequeno afloramento de rochas, ele caiu para trás, seu porrete fora do alcance de seus dedos.

E eles estavam sobre ele como um rebanho faminto em segundos.

Os cães rasgando seu corpo exposto, Anđelko batendo em seu rosto e peito com os punhos endurecidos.

Stankov foi derrotado e sabia disso.

Mostrando uma última onda de força, ela o soltou e começou a pular, mancando pesadamente.

No entanto, ele havia perdido o senso de direção e correu direto para os penhascos.

Guinchando de desânimo quando percebeu isso, seu corpo despencou em direção às rochas traiçoeiras abaixo.

O grito uivante desapareceu contra o pano de fundo do mar furioso.

Cautelosamente, Anđelko e os cães se dirigiram para a borda.

E ficaram satisfeitos por Stankov não viver mais.

Com o pescoço torcido em um ângulo estranho com o resto do corpo, eles assistiram com exultação enquanto o mar agitado reclamava seu corpo.

Voltando ao celeiro, Anđelko se posicionou ao lado do corpo imóvel de Goran e freneticamente usou dedos suaves para sondar a ferida enquanto ouvia seu peito.

O calor pegajoso encontrou copiosamente com seus dedos.

O ferimento foi profundo, penetrando até o osso que posso sentir.

Desesperado, ele olhou para a concavidade do peito de Goran, mal sussurrando em sua camisa de camponês.

Ouvindo uma respiração ligeiramente rouca, ele pegou seu amor e correu em direção à mansão.

Darija e Roko pularam atrás de seus pés, suas bocas ainda cobertas com pedaços de Stankov.

Ele sabia que os vampiros podiam ajudar Goran.

Eles tiveram que!

Ele tinha visto várias vezes como Vladimir causara cura em seres doentes, embora também tivesse visto algumas com as quais eles tinham ido longe demais para salvá-los.

Ele não poderia suportar se Goran tivesse se perdido para ele.

Anđelko agora percebeu a profundidade de seus sentimentos.

Eu só esperava que não fosse tarde demais.

Ele não poderia viver consigo mesmo se Goran morresse, porque se morresse, ele, Anđelko, morreria também.

Você deve viver!

OITAVA PARTE
GORAN

CAPÍTULO XXXIX

Stjepan deu um último suspiro trêmulo e o exalou lentamente, enxugando o rosto com a ponta dos dedos.

Katarina tirou o lenço enfiado no corpete e enxugou suavemente a dor inicial.

Ele sorriu para ela, satisfeito com a intimidade do gesto.

Ele estendeu a mão para acariciar seu cabelo pela primeira vez, os fios brilhando enquanto deslizavam por seus dedos.

Ele agarrou um punhado e cuidadosamente jogou ao vento, então trouxe seus lábios perto dos dela, forte, poderosamente na primeira vez.

Toda a sua paixão reprimida foi comunicada com seus lábios macios e carrancudos.

Foi tudo uma satisfação masculina pelos gemidos suaves que emanaram de sua garganta em seu abraço.

Seu corpo estava começando a se moldar ao dela quando Vladimir começou a atrair atenção.

Stjepan ergueu os olhos para ver a diversão dançante nos olhos de Vladimir.

Ele encolheu os ombros.

Ele não se arrependeu de ter feito isso.

Principalmente quando Katarina olhava para ele sem fôlego com tanta adoração.

Ele se sentia vivo pela primeira vez em muito tempo.

De seu ponto de vista, ela podia ver Helena e Gabrijel sorrindo para o casal quando eles voltaram da cozinha, trazendo a sopa saborosa para servir em breve.

Kristina estava com o braço em volta de Vladimir, a cabeça apoiada em seu ombro.

Ela parecia satisfeita.

Ela foi a primeira a quebrar o silêncio.

"Meus senhores Stjepan e Vladimir, lamento por sua perda. A perda de Đurđa e a perda dos anos intermediários de tristeza e amizade compartilhadas. Ela era realmente linda, se seu retrato é algo para valorizá-la. Grande inocência e ao mesmo tempo , travessura transpareceu em seu rosto. Apesar de como tudo isso aconteceu, como pode haver algo errado agora? E ainda temos tempo para lamentar a perda e conversar sobre o que aconteceu. "

Kristina curvou a cabeça com reverência, em uma demonstração de respeito pelos mortos e de luto.

Vladimir a puxou para mais perto dele.

"Minha querida, por mais que eu queira sentir o ar, agora tudo que eu quero fazer é abraçá-la com força. Você pertence a mim. Eu pertenço a você. E procurar por você apenas reforçou que você é meu por toda a eternidade. Stjepan, se você puder suportar. esperar mais uma noite, antes de tentarmos dar sentido aos acontecimentos de muito tempo atrás, eu realmente apreciaria. "

Vladimir ainda era arrogante, mas Stjepan reconheceu o brilho em seus olhos.

E ele pensou em provocar seu velho amigo um pouco, mas pensou melhor.

Depois de tudo que ele os fez passar, você poderia, por favor, negar este pedido?

Não, ele não podia, especialmente porque um pequeno pacote se contorcia em seus braços.

Ela ordenou sua atenção.

Seu rosto corado e voltado para cima, seus olhos brilhantes, sua suave boca rosa de Cupido chamaram sua atenção.

"Vladimir, seu entusiasmo mostra como você é travesso! Peça a Gabrijel para levá-lo para o seu quarto. E mergulhe nos prazeres; não me importo com nada no momento. Gostaria de compartilhar uma bebida com Katarina."

Desta vez, quando ele acenou com a mão descuidadamente, foi um gesto fraternal de perdão.

Vladimir se inclinou rapidamente em sua direção e se moveu com Kristina em direção à porta que dava para o corredor.

CAPÍTULO XL

Enquanto caminhavam de mãos dadas pela porta, Kristina e Vladimir pararam para apreciar a grandeza do quarto.

O teto era abobadado e tinha um enorme afresco de ninfas seminuas brincando em uma pequena piscina, com querubins sorridentes dedilhando balalaikas.

No ponto mais alto, uma corrente fina caiu do teto em um grande lustre que foi aceso com cerca de mil velas.

Kristina admirou a base de latão reluzente que esvaziava cada vela e fazia a sala brilhar.

O painel era de cor cinza escuro, iluminado pelo papel de parede damasco listrado alternado de branco cremoso e marrom.

Um grande brasão pendurado na parede traseira representando um gato da montanha e um corvo lutando pela supremacia e com a inscrição "Honra entre os homens", que era muito apropriada na época.

Uma velha armadura, gasta e amassada, ocupava um lugar de destaque no grande salão.

Kristina não parava de dizer ooohs e aaahs ao descer as escadas, se perguntando sobre batalhas distantes e honra acima de tudo.

Gabrijel esperou pacientemente por eles lá.

Kristina deslizou a mão sobre o corrimão que combinava com o revestimento.

Ele acariciou o acabamento acetinado com os dedos enquanto se colocava atrás de Gabrijel para dar a partida.

A grade tinha um aperto firme que aumentava à medida que subiam.

Olhando com o canto do olho, ele viu Vladimir respirar fundo enquanto seu olhar pousava no decote dela.

Ela imaginou que ele estava pensando em outros lugares onde sua mão poderia ter um aperto firme.

Um sorriso conhecedor curvou seus lábios, enquanto Vladimir tentava acelerar seus movimentos colocando uma mão encorajadora sob seu cotovelo.

Mas ela não se deixaria enganar.

Ele pretendia reafirmar sua afirmação de maneira correta, amorosa e por muito tempo.

Só para irritá-lo um pouco, ela parou na escada para olhar os retratos de família que revestiam a parede forrada de damasco.

Gerações de Markovics a observavam de seus quadros.

Todos com traços elegantes e ascéticos.

Ele podia ver de onde Stjepan tirou seu olhar.

Vladimir se demorou por um momento, antes de puxar a risonha Kristina em seus braços.

Ela não conseguia mais ficar de pé! Ele pensou sombriamente.

Se eu não tiver logo ...

Assim que o casal alcançou a varanda do segundo andar, a porta da frente se abriu.

Olhando para baixo, eles viram Anđelko embalando Goran em seus braços.

Ambos estavam pálidos e Goran parecia morto.

Anđelko, com lágrimas escorrendo pelo rosto, olhou impotente para Vladimir, enquanto se ajoelhava com sua carga preciosa.

A porta continuou a ser sacudida pelo turbilhão de ventos e repetiu seu estrondo contra o interior.

A chuva entrou e encharcou a entrada, enquanto as folhas dançavam macabramente como se estivessem de alegria com o destino de Goran.

Darija e Roko engasgaram e observaram as figuras caídas.

Stjepan, Katarina e Helena correram para fora da sala de jantar.

Com olhos lamentavelmente assustados, Anđelko olhou para todos eles e disse:

"Ajude-me!"

Suas palavras liberaram o transe assustado pelo qual todos estavam passando.

Ambos os vampiros correram para o lado de Anđelko.

Gabrijel fechou a porta e Helena saiu correndo em busca dos curativos e da confecção de um cataplasma.

Katarina subiu as escadas até Kristina, que entrou correndo em uma sala em busca de cobertores.

Agarrando suavemente o inconsciente Goran pelos dedos flácidos de Anđelko, eles rapidamente o levaram para a sala de jantar.

Com um movimento descuidado, Stjepan varreu a mesa de copos, pratos, talheres, tigelas de flores e tudo o que estava em seu caminho.

Helena formou uma equipe com ele, enquanto colocava os remédios na mesa e corria para a vassoura.

Delicadamente, muito gentilmente, os vampiros colocaram Goran na mesa.

Vladimir sondou o ferimento e olhou tristemente para Anđelko.

O dano que o golpe causou foi extenso e ele não sabia se seria capaz de salvar Goran.

Anđelko observou atordoado Vladimir continuar sua exploração, em busca de outras feridas ocultas.

Um silvo baixo escapou dos lábios de Goran enquanto Vladimir corria os dedos sobre as costelas.

Vladimir rasgou a camisa e todos viram a massa escura ao lado dele, indicativa de pelo menos uma costela quebrada.

Anđelko se puniu internamente por ser descuidada no celeiro.

"Meu amigo, meu querido e doce amigo. Não sei se podemos ajudar Goran, mas por você farei o meu melhor. Não é menos do que você faria por mim."

Os olhos de Vladimir foram assombrados por seu conhecimento recente dos ferimentos de Goran.

"Quero que você vá com Katarina ao escritório tomar um drinque. Não precisa ver isso. E leve Kristina com você, por favor."

"Vladimir! Minhas artes de cura podem ser úteis. Eu vou ficar."

Kristina lançou-lhe um olhar sombrio que não permitiu discussão.

Ele já estava rasgando um lençol para usar como envoltório para as feridas de Goran e outro para o cataplasma que viria.

Sua eficiência e movimentos confiantes foram o que decidiu na mente de Vladimir que ela realmente ficaria.

CAPÍTULO XLI

Katarina conduziu um relutante Anđelko para a biblioteca.

Ela gentilmente o empurrou em uma das cadeiras embutidas e rapidamente trouxe um gole de conhaque.

Instando o copo aos lábios, ela o forçou a inclinar a cabeça para trás para saborear o líquido.

A cor cobriu lentamente suas bochechas e sua respiração desacelerou enquanto ela bebia.

Assim que terminou, Katarina serviu-lhe outro copo, mas o colocou ao lado de seu cotovelo na mesinha ali.

Então ele pegou cada uma de suas mãos, uma por uma, e as esfregou entre as dela, lutando contra os resquícios do frio para restaurar a circulação.

Sua tagarelice parou e seus lábios não estavam mais tão horrivelmente azuis.

Ela chamou seu pai para acender o fogo e encontrar uma calça e uma camisa secas para Anđelko.

Logo um brilho alegre aqueceu a sala.

"Obrigado, senhora Katarina, por sua gentileza para com um velho como eu. Estou em dívida com você."

O discurso de Anđelko foi baixo e forçado.

"Você diz coisas sem sentido. Eu só fui gentil. Você não tem dívidas comigo, senhor. Um dia você será gentil com um estranho e essa será minha recompensa. E este, por sua vez, será gentil com outro."

A voz musical de Katarina era angelical contra o crepitar do fogo.

"Se você puder, descanse os olhos. Você não tem mais forças. A umidade vai se infiltrar em seus ossos, se você não se secar. Se não se importar, eu sairei por alguns instantes e fecharei as portas, para que você possa se trocar."

Sem abrir os olhos, Anđelko assentiu.

Estava cansado.

A horrível descoberta de ver Goran ainda assim ecoava em sua cabeça.

Para um homem tão forte, as feridas de seu jovem amor o haviam destruído.

Em sussurros suaves, ela sentiu, em vez de assistir Katarina sair, fechando suavemente as portas atrás dela.

Imediatamente, ele agarrou o copo e engoliu o conteúdo de um só gole.

Não contente com isso, ele pegou a jarra e serviu outro copo, que colocou sobre a mesa.

Ele tirou a roupa encharcada e rapidamente vestiu a roupa emprestada.

Sentindo-se sujo e com vergonha de ter sido pego tão desprevenido, ele jogou suas roupas cobertas de sangue no fogo.

Observando-a queimar enquanto ele se sentava em frente ao fogo para se aquecer, ela refletiu sobre a virada dos acontecimentos.

Ele também estava olhando para o novo copo de conhaque.

Seus olhos estavam começando a ficar vidrados, não só pelo choque, e por não ter comido, mas também pela bebida.

Ele ainda estava olhando para o fogo quando Katarina voltou.

Ele sabia que ela lhe contaria se houvesse alguma notícia.

Sua expressão triste falou ao seu coração enquanto ela carregava uma bandeja coberta com frutas e queijo que ela colocou ao alcance de Anđelko.

Ele não conseguia comer.

Não conseguia falar.

Eu não conseguia respirar o suficiente.

Eles se sentaram juntos em um silêncio tenso enquanto o tique-taque do relógio e o fogo eram os únicos sons que ecoavam na sala.

Determinada, Katarina ergueu sua pesada cadeira e começou a escovar os cabelos úmidos de Anđelko.

Assustado, ele olhou por cima do ombro para a jovem, tão desesperado para lhe oferecer alívio.

Ele acenou com a cabeça uma vez em gratidão, sendo sufocado demais para dizer isso verbalmente.

Katarina começou a cantarolar canções de suas aldeias enquanto passava a escova e os dedos pelos cachos loiros.

Anđelko estava tão inconsolável e ainda tão cheia de culpa que não percebeu quando se encostou na parte externa da coxa.

Katarina não viu razão para corrigir enquanto trabalhava pacientemente na escova.

Foi assim que Stjepan os encontrou uma hora depois.

Seus passos lentos e medidos superaram o espírito de derrota de Anđelko.

Ele se levantou, correu para o vampiro e o agarrou com força pelos ombros.

Stjepan simplesmente olhou para as mãos de Anđelko, e Anđelko as deixou cair inutilmente para os lados.

Ele vira o lampejo de um aviso nos olhos de Stjepan e não tinha a menor intenção de desrespeitá-lo.

Ela esperava ansiosamente o que Stjepan tinha a dizer, assim como Katarina, igualmente preocupada, que ficou ao seu lado e colocou uma mão reconfortante em suas costas.

Todo o decoro fugira entre eles nessa hora exaustiva.

Stjepan suspirou.

"Anđelko ..."

CAPÍTULO XLII

Vladimir e Stjepan tornaram-se turbilhões frenéticos de atividade depois que Anđelko foi embora.

Embora Anđelko soubesse e respeitasse o que eles eram, eles não tinham ideia de quais seriam seus sentimentos se ela testemunhasse suas tentativas de salvar a vida de Goran.

Com empatia, os dois vampiros se uniram perfeitamente.

"Vladimir, vou oferecer meu sangue por Goran. Suas mãos estão ocupadas em outro lugar."

"Stjepan ... começou a ter uma infecção no pulmão. E ela está piorando na última hora. Não sei o quanto ela está adiantada."

"Meu amigo, faremos o nosso melhor. Nem mais. Nem menos." Stjepan foi muito afirmativo em sua declaração.

Vladimir tinha orgulho de chamar Stjepan de amigo novamente naquela época.

Quaisquer dúvidas remanescentes sobre o conflito entre eles foram dissipadas por sua disposição em ajudar.

"Obrigado, meu amigo Stjepan. Como senti sua falta!"

Stjepan curvou-se suavemente.

Ela não tinha percebido que parte de sua dor era devido à perda de Vladimir como seu parceiro.

Algo que agora ele retificaria a todo custo, ele jurou.

Vladimir lendo seus pensamentos apenas assentiu; ele estava mais preocupado com um pulmão perfurado e possível infecção do que com o ferimento na cabeça no momento e estava colocando as mãos naquele local para ver se podia sentir uma lesão interna.

Stjepan mordeu o pulso, fazendo com que uma linha de líquido vermelho se formasse imediatamente.

Ele o colocou gentilmente contra a boca de Goran, levantando a outra mão, para abaixar sua mandíbula, de forma que o fluido potencialmente salvador se acumulasse em sua boca.

Assim que sua boca estava parcialmente cheia, Stjepan fechou-a e começou a acariciar a garganta de Goran com os dedos para ver se ele engolia o líquido.

Ele não queria forçar a cabeça do homem para trás, não com o ferimento na cabeça.

Assim que o procedimento deu certo, ele repetiu o processo.

Goran nunca recuperou a consciência, mas os músculos de sua garganta estavam funcionando e forçavam o sangue curativo a engolir.

Por fim, Stjepan selou o pulso e deu um passo para trás.

Kristina estava ocupada com o ferimento na cabeça de Goran.

Ele havia pedido a Helena que trouxesse um almofariz e um pilão e retirado o envelope de ervas que estava pendurado em seu cinto.

Ele colocou mil-folhas no pilão e o moeu até formar um pó muito fino, que espalhou sobre a ferida aberta.

Ele gentilmente envolveu sua cabeça e a deixou como estava.

Eu teria que verificá-lo com frequência e adicionar mais milefólio conforme necessário, mas não queria fazer muito.

Enquanto fazia isso, ele fez Helena ferver a verbena e a raiz de confrei em potes separados.

A verbena daria um chá amargo, mas era excelente para prevenir infecções no sangue.

E o confrei seria transformado em uma pasta de óleo de linhaça que seria aplicada ao lado de Goran como um cataplasma que precisava ser trocado com frequência e bem embrulhado.

Por mais que tivesse fé em Vladimir e Stjepan e em suas habilidades, ela conhecia o poder dessas ervas, as vira funcionar no passado e sentia que eram igualmente importantes em sua tentativa de salvar Goran.

Além disso, o que os impediria?

Qualquer coisa que pudesse ser feita para aliviar o sofrimento de Goran tinha que ser boa, certo?

Ela estava pensando em tudo isso quando Helena trouxe cuidadosamente o chá infundido.

E ele continuou a refletir sobre como era honrado ajudar a tentar salvar a vida de um homem.

Suas experiências recentes na aldeia limitaram-se à cura.

E então foram apenas as mulheres que se aproximaram dela, com relutância e secretamente.

Eles não gostariam que seus homens pensassem que eles estavam se associando com uma mulher de má reputação.

Nenhum dos homens olhou ou falou com ela depois dos rumores desprezíveis de Stankov.

Ela havia sido vilipendiada por ser uma homenagem à memória de Andrej.

Como a vida estava fechando o círculo estranho.

Stankov perdeu para sempre por causa de sua maldade e ela encontrou a felicidade para sempre por causa de sua bondade.

Ela balançou a cabeça para clarear esses pensamentos, retornando à cena de partir o coração diante dela.

"Stjepan, por favor, venha ocupar meu lugar na cabeça de Goran. Coloque-o suavemente em seu colo. Sim, você tem que rastejar na mesa como eu! Pare de se preocupar!"

Kristina conhecia seus pensamentos perfeitamente conforme apareciam em seu rosto.

Na verdade, ele percebeu a risada e o sorriso de surpresa no rosto de Katarina enquanto ela se apressava com uma bandeja.

Finalmente, com Stjepan no lugar, ele poderia começar a dar chá de verbena a Goran.

Devagar e com firmeza, ela levou repetidamente a colher aos lábios, despejando o líquido e, assim como vira Stjepan, acariciou a garganta.

Seus músculos continuam a trabalhar convulsivamente para ingerir o fluido.

Assim que ela sentiu que ele tinha bebido o suficiente, ela colocou a xícara de lado.

Enquanto ela fazia isso, Vladimir pegou a raiz de confrei amassada e polpuda e a aplicou nos hematomas crescentes do lado de Goran.

Colocando uma capa grossa sobre sua pele, ele e Stjepan trabalharam juntos para amarrá-la ao lado de Goran.

Goran rosnou baixo em sua garganta em seus esforços, mas ele permaneceu inconsciente.

Movimentos inquietos de suas mãos, na tentativa de arranhar suas amarras, fizeram com que os vampiros o carregassem para um quarto do andar de cima depois que seus ferimentos iniciais foram observados.

Eles o colocaram em cima de um edredom macio e quando ele ficou inquieto, sem saber, arranhando suas amarras, eles usaram restrições suaves para manter suas mãos abaixadas.

Helena foi instruída a ficar com Goran por enquanto e começou a aplicar metodicamente compressas frias em sua testa e rosto.

Os dois vampiros então voltaram para baixo.

Helena, além de vigiar, também murmurou orações sobre seu corpo aparentemente sem vida, pois Stjepan não chamaria um padre.

Por outro lado, nenhum padre cruzaria a soleira se convidado, a prática de Stjepan de suas artes das trevas e poderes míticos era temida.

Ela sentiu que os últimos ritos funerários deveriam ser invocados, mesmo que fosse por ela, no caso da alma de Goran ser condenada à morte.

Por mais blasfema que ela se sentisse agora, seria mais blasfemo para ela se ele não o fizesse.

Ele até mergulhou os dedos na tigela de água para colocar o sinal da cruz na testa quente, nos lábios, no coração.

E ela acariciava incessantemente seu rosário enquanto realizava seus serviços de enfermagem.

CAPÍTULO XLIII

Parando primeiro na sala de jantar, eles viram que Kristina e Gabrijel estavam fazendo uma limpeza.

A toalha de mesa estava arruinada, mas Stjepan não perdeu um segundo para pensar nisso.

Ela havia superado sua raiva e estava trabalhando para reparar seu relacionamento com Vladimir, e se ajudar Goran e Anđelko fosse um meio de conseguir isso, então ela faria o que fosse necessário.

Kristina continuou embrulhando suas ervas apreciadas, enquanto Stjepan guiava Vladimir até a mesa do bufê e a garrafa de vinho para consumir o que ela conseguira escapar da destruição anterior de Stjepan.

Encostado no ouvido de Vladimir, ele falou suavemente.

"Meu amigo, não sei se o menino pode ser salvo. Mesmo depois do sangue da minha vida e das ervas da Kristina, ele ainda está tão pálido. É bom que ele lute, mas será demais para ele?"

"Não sei, Stjepan. A única solução possível seria torná-lo um de nós. Mas não temos o consentimento dele e, no momento, ele está fraco demais para dá-lo. Para se tornar um de nós, o processo é certamente mais fácil com o consentimento acordado. Os riscos de não pedir sua permissão podem superar o possível bem que poderíamos fazer. Você sabe disso!"

Vladimir foi enérgico e enfático em sua entrega.

"Um homem relutante é um homem mortal. Olhe para Stankov e seu comportamento e morte. Você trocaria aquele jovem encantador por um ser tão instável, arriscando a morte? Ele não faria. Não sem pensar nisso. Talvez, devêssemos incluir Anđelko nesta discussão Afinal, eles são amantes."

Vladimir suspirou profundamente ao dizer isso.

Eu não tomaria essa decisão sem pelo menos consultar a Anđelko.

"Muito bem, Vladimir. Traremos Anđelko para esta discussão. Como você disse, eles são amantes."

Stjepan se virou para sair quando sentiu uma mão em seu braço.

Olhando nos olhos preocupados de Kristina, ele suspirou como Vladimir havia feito.

"Minha querida Kristina, não temos escolha. Se Goran sobreviver à noite, ele pode se considerar sortudo por ter mais um dia na superfície da terra. Mas não podemos prometer nada. O exame de Vladimir revelou que era constitucionalmente não para começar. Forte. Eu já tinha o início de pneumonia em meus pulmões antes dessas lesões. Fazemos o nosso melhor. É isso. "

Kristina sentiu as lágrimas se formando em seus olhos, mas se recusou a permitir que derramassem.

Ele precisava ser forte para Anđelko.

Anđelko, que passou a significar muito para ela.

Se ela não pudesse fazer isso agora, em sua hora de necessidade, que tipo de amiga ela realmente seria?

Então, seus olhos esmeralda ficaram mais brilhantes com aquelas lágrimas não derramadas, sua espinha se endireitou com sua determinação e ela afrouxou o aperto no braço de Stjepan, para que ele pudesse pedir a Anđelko para vir.

Vladimir estava pasmo com seu comportamento orgulhoso, mas calmo, e controle implacável.

Ele deu-lhe um beijo suave na testa para que ela soubesse que estava satisfeito com sua consideração.

CAPÍTULO XLIV

Anđelko cambaleou sob o peso combinado do olhar de Stjepan, o álcool que havia consumido e seu próprio medo.

Ele estava curioso para saber o destino de Goran, mas não estava disposto a suportar o impacto das consequências.

Foi minha culpa!

Não fui cuidadosa o suficiente, não fui corajosa o suficiente e não o amava o suficiente!

Anđelko gemeu em sua alma.

Ele ainda não conseguia falar.

Seus olhos lacrimejantes tentaram se concentrar em Stjepan.

Ele tentou tanto e não conseguiu.

Finalmente, a carga ficou muito grande.

Ele caiu de joelhos e prostrou-se no chão de dor.

Nem Stjepan nem Katarina conseguiram alcançar sua alma.

Suas mãos escorregaram descuidadamente enquanto Anđelko se forçava a cair no chão.

Lentamente, Anđelko sentiu todos os seus sistemas internos começarem a desligar.

Sua mente, seu coração, sua alma.

Com descrença evidente em suas feições, Stjepan assistiu enquanto Anđelko tentava morrer, acreditando que Goran já havia falecido.

Katarina deu um grito longo e alto, os ecos reverberando sem parar na sala.

Stjepan tentou tirar Anđelko de sua prostração, sem sucesso.

Ele tentou misturar seu olhar com o de Anđelko, mas o de Anđelko estava em branco.

Sua mente já se retirou.

Uma escuridão tão impenetrável até mesmo para Stjepan enquanto ele procurava em sua mente.

Em sua frustração, Stjepan tentou sacudir Anđelko, mas ele era uma boneca de pano, mole em seus braços.

Foi assim que Vladimir e Kristina os encontraram.

Vladimir agarrou o catatônico Anđelko e tentou também.

Nada veio a Anđelko dentro de seu poço escuro.

Ele se sentia seguro lá.

Isso foi tudo.

Ele não conseguia se lembrar por que estava na escuridão rodopiante, mas era reconfortante.

Quase como se estivesse flutuando, havia tranquilidade.

Quanto mais ele ouvia barulhos, mais ele recuava enquanto desbotava mais e mais.

Ele sabia o suficiente para se esconder.

As vozes e ruídos trouxeram dor, e ele não queria fazer parte disso.

Cada vez mais fundo nos recônditos de sua mente, ele mergulhou até que os ruídos cessassem.

Em seguida, houve silêncio total.

NONA PARTE
LUCIJA

CAPÍTULO XLV

Entre os dois vampiros, eles conduziram o catatônico Anđelko escada acima para o quarto de Goran.

Seu raciocínio era que talvez, talvez, Anđelko sentisse a presença viva de Goran.

Valeu a tentativa.

Nenhuma de suas outras ações teve sucesso.

As sobrancelhas de Vladimir estavam franzidas de preocupação e sua palidez era mais perceptível do que o normal.

Todos estavam com o rosto escuro e silenciosos enquanto olhavam para os dois homens, ainda em sua cama compartilhada.

Imóvel.

Quase sem sinais de respiração.

A tensão era densa, o medo refletido nos olhos de todos os presentes.

"Vladimir, há outra coisa que eu poderia tentar." Kristina disse calmamente. "Se pudéssemos encontrar sanguessugas para uma sangria, talvez isso pudesse ajudar."

"Minha querida, doce Kristina. Eu sei que você não tem muito conhecimento do que significa ser um vampiro em seu verdadeiro sentido, mas o sangue de Stjepan deveria estar ajudando Goran. E Anđelko! Meu Deus, como posso chegar até ele ? Preciso pensar!"

Vladimir começou a falar baixinho, mas sua voz ficou mais alta no final do discurso.

"Que tipo de Deus faria isso?"

Com isso, ele saiu da sala sem olhar para trás.

Kristina estava abatida.

Ela tremeu com a maneira como Vladimir acabara de falar com ela e com sua falta de fé.

Ele tocou a pequena cruz de ouro que pendia em seu pescoço.

Seus lábios tremiam, seu corpo estremecia com uma sensação reprimida.

Suas emoções transbordaram de tudo o que aconteceu, fazendo com que as lágrimas voltassem a seus olhos.

Todos os outros estavam desconfortáveis com o desânimo com que Vladimir havia inadvertidamente falado.

Katarina foi até a nova amiga para colocar um braço reconfortante em seus ombros.

O rosto de Kristina mostrou tal expressão de dor.

Ela encolheu os ombros com negligência e saiu silenciosamente da sala.

Katarina se virou para Stjepan naquele momento.

"Stjepan, diga a ele um pouco de bom senso. Agora! Suas palavras desencorajadas vão causar ainda mais deterioração ao seu redor, incluindo seu relacionamento com Kristina. Ele não pode desmoronar. É necessário. Há muito a fazer."

Com isso, ela o afastou de sua mente enquanto ia para a cama para ajudar a mãe a cuidar dos dois inválidos.

E com a mais gentil carícia, ela suavizou a testa de Goran, que ainda estava quente ao toque.

Helena havia tirado as roupas de Anđelko com a ajuda de Gabrijel, na tentativa de deixá-lo mais confortável.

Não estava se movendo.

Não estava piscando.

Eu apenas olhei cegamente para o teto.

Helena continuou a fazer o sinal da cruz e a orar por ambos.

CAPÍTULO XLVI

Stjepan percorreu a casa à procura de Vladimir.

Confrontado com a música fraca tocada à distância, ele sabia onde encontrá-la.

Ele se moveu na direção do pequeno conservatório de música, onde Vladimir tocava um cravo lindamente conservado.

Stjepan parou na entrada com um pequeno sorriso nos lábios, lembrando que Vladimir sempre tocava de forma excelente e quando perturbado, com uma intensidade que rivalizava com os melhores compositores.

A melodia era sombria, assombrada e enchia a sala com sua agitação.

Notas ecoaram pelo ar enquanto ele implacavelmente manipulava o instrumento para fazer sons semelhantes a choro.

Depois de alguns minutos observando seu amigo enlutado, Stjepan entrou na sala.

"Vladimir! Você deve parar com isso! Fale comigo. Ajude-me a encontrar uma maneira de trazer Anđelko e Goran de volta."

Stjepan foi paciente ao se aproximar do homem.

Vladimir não parou imediatamente.

Ele criou crescendo após crescendo da composição latejante até que, com um estremecimento, terminou.

Soltando as mãos e a testa nas teclas, ela engasgou.

"Aqui. Tome o vinho que eu trouxe para você. Talvez isso acalme seus nervos."

Stjepan empurrou o copo para Vladimir, que o pegou e bebeu com avidez por um momento, antes de colocá-lo de volta nas mãos de Stjepan.

"Stjepan, obrigado. Mas eu preciso de uma cabeça limpa."

Vladimir enxugou a testa e olhou para o amigo, a fraqueza evidente em suas feições.

"Por que, Stjepan? Por que isso está acontecendo? Se eu não tivesse desejado Kristina assim, nada disso teria acontecido! Foi a dor dela que me chamou inicialmente, mas como eu poderia deixar alguém como ela passar? Ela é meu coração! Ela é minha alma! E se eu não a tivesse resgatado, quem sabe que destino teria se abatido sobre ela nas mãos de Stankov? Mas a que custo? Anđelko está perdida para mim agora. E o A ferida de Goran, ele está perto da morte? E eu estou completamente impotente!"

Vladimir baixou a testa nas mãos e começou a chorar.

"Meu amigo, não sou a pessoa certa para perguntar sobre sua dor. Mas estou aqui para ajudá-lo e também a Kristina, assim como o resto."

Stjepan abraçou Vladimir enquanto ele deslizava para o banco ao lado dele.

"Vladimir, por favor, tente se recompor. Precisamos resolver isso juntos. Você deve ajudar! Ou tudo pode ser perdido! Venha, vamos encontrar Kristina para você. Ela ficou muito magoada com o seu relacionamento com ela."

"Eu não queria machucá-la, Stjepan. Eu me perderia sem ela." Vladimir disse em voz baixa e dolorida.

O amor que ele sentia por ela era evidente em suas palavras.

"Então vamos com ela."

Stjepan levantou-se decididamente e esperou que Vladimir fizesse o mesmo.

CAPÍTULO XLVII

Eles saíram do conservatório de música e voltaram para a sala, pensando que Kristina estaria lá.

Mas ela não foi.

Depois de conversar brevemente com as preocupadas Katarina e Helena, souberam que ela não havia retornado.

Então, eles usaram seus sentidos para buscar sua presença na casa.

Nenhuma dela permaneceu no ar.

Preocupados, eles vasculharam o terreno, ainda nada.

A brisa fresca e úmida e a chuva persistente espalharam os aromas.

Pelo menos não havia mais trovão ou tempestade.

Vladimir ligou para Darija e Roko, mas os cachorros não apareceram.

Vladimir estava ficando cada vez mais alarmado, seu ritmo frenético não fazendo nada para aliviar sua tensão.

Eles se espalham cada vez mais, procurando.

Stjepan estava checando os fundos da mansão perto da beira dos penhascos e Vladimir foi ao celeiro para ver se Kristina estava lá.

Seu grito de surpresa chegou a Stjepan, que imediatamente veio para o seu lado.

Vendo apenas um cavalo, Vladimir sabia que ele havia sumido.

Sua descrença estava gravada em seu rosto e sua raiva ameaçou transbordar.

"Como você ousa ir? Quando eu colocar minhas mãos naquele atrevido ..."

"Tranquilo amigo". Stjepan o acalmou, enquanto eles olhavam em volta.

Silenciosamente, ela se deleitou em poder falar com Vladimir novamente, mesmo com seus problemas não resolvidos e preocupações atuais.

"Fácil. Os cachorros têm que ficar com ela. Agora, para onde ela iria no meio da noite?"

Ele parou para refletir sobre a situação de todos os ângulos.

"Ah. Já sei. Ele quer provar que você está errado, Vladimir. Ele foi procurar sanguessugas!" Stjepan soou um tanto arrogante quando disse isso.

Fazia muito sentido para ele.

O casal se apaixonou recentemente e ainda busca equilíbrio no relacionamento.

Em seus esforços, eles teriam alguns contratempos ao lidar com esses sentimentos.

Ele acenou com a cabeça sabiamente porque sabia que o mesmo aconteceria com ele e Katarina em breve.

Ele riu, lembrando-se de como ela o havia despedido antes para fazer sua oferta.

Oh, ele estava esperando pelos desafios que ela iria apresentar a ele agora.

Mas ele imediatamente ficou sério com o olhar desafiador que Vladimir agora tinha.

"Stjepan, Kristina não está protegida, não importa o quanto ela confie em Darija e Roko. Qualquer coisa pode acontecer com ela! Eu devo encontrá-la! Oh, aquela mulher! Ela aprenderá o verdadeiro significado de minhas palavras sobre o que significa pertencer a mim. Eu prometo. ! "

Vladimir estava magnífico em sua raiva.

Suas sobrancelhas se ergueram, suas feições se tornaram um olhar forte, seus lábios finos e olhos apaixonados.

Ele alçou voo sem hesitar, com a intenção de vasculhar o campo em busca de seu amor.

Ele encontrou Stjepan ao seu lado.

CAPÍTULO XLVIII

Ele é um homem impossível! Kristina pensou enquanto partia rapidamente, os cães ao lado de seu cavalo.

Eles não iriam ficar e ela não podia discutir com eles, embora na verdade recebesse a companhia deles naquela noite nublada.

Ele estava voltando para a clareira com o pequeno lago que havia sido o local de sua captura, pois sabia que ali encontraria sanguessugas.

Só ela sabia!

E então ela mostraria a Vladimir o que eles podiam fazer!

Com indignação desenfreada por todo o corpo, ele esporeou o cavalo.

A lama subia atrás deles na taxa que ele definia, consumindo rapidamente os quilômetros de distância.

CAPÍTULO XLIX

Anđelko se moveu lentamente em sua escuridão, examinando-a, saboreando-a.

Ele ansiava pela solidão, pelo calor em que estava envolvido.

A ausência de luz não o assustou, mas o acolheu.

Ele a banhou em seu abraço.

Ele a protegeu.

O que foi isso?

Anđelko sentiu algo, algo indefinível invadindo seu casulo.

Ele se virou olhando para a escuridão, mas não conseguiu encontrar o que estava procurando.

Mesmo assim, ele estava nervoso.

Que tipo de situação ele estava passando?

Ele continuou a girar freneticamente.

Lentamente, ele ouviu passos leves vindo em sua direção, mas ele não podia dizer de onde eles estavam vindo.

Tudo isso estava começando a deixá-lo cada vez mais louco.

Lá!

Um brilho bruxuleante!

Ele se tornava cada vez mais estável quanto mais perto se aproximava, até que finalmente conseguiu distinguir um contorno vago.

O contorno se solidificou quanto mais perto a coisa se aproximou.

Com sua forma ainda indeterminada, Anđelko descobriu que não tinha para onde ir, nenhum lugar para se esconder em sua escuridão.

O que antes parecia uma grande entidade apenas para ele havia se encolhido em um longo túnel e suas costas estavam contra a parede.

Ele não conseguia se mover, ele estava paralisado pela aparição que se aproximava.

Seus olhos foram abertos!

Seu batimento cardíaco acelerou.

Oh, meu Deus!

Ele pensou.

Lucija!

O que ela está fazendo aqui?

Ele não se agachou mais ao longo da parede, mas se aproximou dela.

Abalado até os ossos, ele a observou se aproximar.

Ela parecia como era em vida, antes da febre.

Como isso foi possível?

Tinha murchado diante de seus olhos.

Sua robustez e amor pela vida haviam sido reduzidos em seu corpo naqueles dias terríveis antes de sua morte.

Ela morreu de dor e como uma velha enrugada.

Anđelko bebeu sua beleza etérea agora.

Ele se moveu para tocá-la e sua mão flutuou em seu braço.

Ele deu um passo para trás angustiado.

"Minha querida Anđelko. Não tenha medo." O espírito falou com ele.

Parecia sua Lucija.

Anđelko balançou a cabeça em alucinação.

Perplexo, ele deu um passo à frente novamente e a mesma coisa aconteceu.

Ele não recuou tanto quanto queria dessa vez e esfregou os olhos duas vezes, mas ela continuou aparecendo diante dele, então ele esperou.

Sua voz reconfortante tão ricamente entrelaçada com amor causou-lhe uma nova reação.

"Estou aqui porque você me ligou." Sua voz rouca, de que ele tanto perdera, voltou à sua mente. "Você me ligou, Anđelko. Mas eu sempre estive com você. Eu conheço o seu coração, meu amor. Você apenas tinha que dizer. Eu teria aparecido a qualquer momento. Mas antes de agora, você não precisava de mim, então fiquei de olho em você até chegar a hora que você faria. "

Ele falou com tanta ternura e adoração que Anđelko sentiu as lágrimas escorrendo pelo rosto.

"Lucija, como senti sua falta! Não sei por que você está aqui, mas estou feliz que você esteja. Eu te amo até hoje. Eu sei que deveria ter ligado para você há muito tempo, mas no decurso de minha vida mudou depois que você faleceu e eu tive que tomar uma decisão. Eu sabia que você entenderia ou esperava que sim. "

A voz de Anđelko falhou e, sem palavras, ela soluçou ao ver seu amor perdido.

Ele sentiu o toque dela, uma leve plumagem de seus dedos em seu braço.

Então ela se materializou lentamente, transformando-se de uma luz insignificante em uma mulher substancial e manteve os braços abertos para a chorosa Anđelko.

Ele a abraçou de volta desesperadamente.

Ele havia sonhado com sua Lucija a vida toda, segurando-a nos braços mais uma vez, sentindo-o abraçá-la.

E agora aconteceu.

Oprimido por tudo isso, ele lentamente caiu de joelhos, seu rosto enterrado em sua barriga enquanto ela acariciava seus cabelos.

"Moj odvažni neustrašivi borac". Lucija falou baixinho, chamando-o de seu bravo e amado guerreiro. "Seu caminho estava predeterminado antes de nos conhecermos. Você viveu como deveria. Você escolheu se sacrificar para que os outros pudessem viver livremente. E no final, não foi um sacrifício, foi? Você ama Vladimir e ele também ama você. Você o salvou de si mesmo. ele mesmo, várias vezes. Você não percebe isso? Vladimir teria se destruído há muito tempo por suas ações, se não fosse por seu cuidado e amor. "

Ela continuou acariciando seus cabelos e seus soluços diminuíram ao ouvir suas palavras delicadas.

"Meu amor, mas como? O que eu fiz por isso? Sou apenas um homem, ninguém especial."

"Sim, meu Anđelko, você é um homem. Nem mais, nem menos. Você não tinha como saber que Stankov ia atacar como ele fez. Seu Goran precisa de você. Ele precisa de sua força e de seu amor para vencê-lo. Você deve voltar a si mesmo! "

"Como você pode dizer isso, Lucija? Acabei de te encontrar de novo! É angustiante ... a dor! Como posso voltar?"

Anđelko falou com seu rosto sobre ela.

Sua voz abafada por roupas e emoção abafada.

"Ah, meu amor. Como não pode? Não estou realmente aqui. Só estou aqui porque você me procurou. Estou morto. Você vive! E continua vivendo porque não é a sua hora. E você ama Goran. Ele significa muito para você. Eu não estou triste. Estou muito feliz por você ter encontrado alguém para amar novamente. Ele te ama. Ele precisa de você. E você precisa dele. Vá, meu amor. Vá e siga seu coração e saiba disso sempre estarei contigo".

Lucija acariciou com as mãos macias mais uma vez o cabelo de Anđelko.

Ela ergueu o rosto com a mão para que ele pudesse ver a expressão de satisfação e amor que brilhava em seus olhos.

Lentamente, Anđelko se levantou.

"Não entendi tudo o que você disse, minha querida Lucija. Mas talvez não precise. Me consola saber que você está bem. Peço a oportunidade de beijá-la mais uma vez. Se eu não puder ficar, você me concederia? Só isso. ? " Anđelko implorou.

"Claro, meu amor. E eu gostaria de sentir você dentro de mim mais uma vez."

Lucija foi para o abraço de Anđelko.

Timidamente ele tocou seus lábios nos dela, encontrando-os quentes e esperando.

Mais seguro de si por seu amor e familiaridade, ele se aproximou ainda mais, puxando-a para perto de seu coração.

Seus lábios tão móveis sob os dela, tão ternos, como sempre foram.

Ele foi dominado por seu abraço, a lembrança de seus sentimentos e sua gentileza.

E muito gentil quando ela passou os dedos pelos cabelos dele e enfiou a língua em sua boca.

O beijo foi longo, apaixonado e cheio de amor.

Ofegante, Anđelko se afastou primeiro.

Ele olhou profundamente nos olhos de seu primeiro amor, os dela de um quente castanho dourado cor de mel, iluminados pelo amor.

Ele mergulhou novamente para pegar sua boca completamente.

Sua lembrança do gosto despertou seu desejo ainda mais.

Juntos, eles afundaram no chão, uma névoa quente e suave girando ao redor de seus corpos, enquanto avançavam cada vez mais fundo nas profundezas de sua paixão.

Lentamente, eles ajudaram o outro a tirar a roupa.

Anđelko encontrou todas as depressões suaves e encostas curvas de Lucija de que ela se lembrava tão bem.

Ela, por sua vez, encontrou os planos duros e os músculos firmes de seu amor.

A união deles foi lenta e sensual e eles se amavam muito.

Para Anđelko, sentir Lucija apertar seus músculos internos ao redor de seu pênis era tão maravilhoso que parecia completo de uma maneira que ela não sentia há muito tempo.

Isso não diminuiu nada que ele sentia por Goran: era apenas uma dimensão diferente, uma fusão diferente e um amor diferente.

E, sem querer, ele começou a sentir a dor que inicialmente o levou para a escuridão.

No momento em que estava atingindo sua plenitude, ele sentiu as bordas da escuridão se iluminarem.

Tentar ficar com Lucija se mostrou inútil.

Ele desaparecia de vista quanto mais a escuridão clareava.

Assustado com o advento da dor e a dissolução de sua amada Lucija, ele gritou em protesto.

"Meu amor, lembre-se de que estou sempre com você. Não se sinta desamparado. Eles precisam de você em outro lugar. Seu Goran precisa de você. Adeus por enquanto, meu amor."

A voz de Lucija, gentil e compreensiva, desapareceu de sua mente e a luz cresceu.

Ele se sentiu subindo pelas brumas em direção àquela luz brilhante.

Ele fez uma última tentativa de agarrá-la mais uma vez, mas não o fez.

Viajando sem pensar, maravilhado com a experiência dela e com seu amor contínuo por ela, ele flutuou para a luz.

CAPÍTULO L

Katarina e Helena trabalharam freneticamente enquanto testemunhavam os movimentos de Anđelko.

Eles escovaram suas mãos e gritaram por ele.

Encantados com suas respostas iniciais e respiração mais fácil, eles prenderam a respiração para não criar falsas esperanças.

Eles ficaram assustados com os movimentos que ele fazia e os murmúrios de palavras que haviam começado alguns minutos antes e que os tirou de suas preocupações silenciosas.

Palavras de amor e palavras de desespero, na maior parte incoerentes.

Katarina e Helena conseguiram colocá-lo mais alto nos travesseiros, acariciando seu rosto delicadamente.

Anđelko ficou ainda mais agitado.

Piscando rapidamente, sua respiração ainda difícil, Anđelko lutou para manter os olhos abertos com a luz penetrante que machucava sua cabeça.

Ele olhou em volta confuso e chamou Lucija.

Katarina e Helena se entreolharam, intrigadas com o nome.

Não era um que eles conheciam.

Recuperar o controle de si mesmo e ver o quarto e Goran na cama ao lado dele se acalmou ainda mais.

Sentindo a onda de simpatia de ambas as mulheres, ele se perguntou o quanto deveria dizer.

Ele decidiu que primeiro precisava pensar e descobrir por conta própria.

Eles acreditariam nele de qualquer maneira?

Eles estavam com raiva?

Ele realmente tinha acabado de falar com sua amada Lucija?

Sim, ele manteria seus pensamentos para si mesmo.

Ele fez uma careta, rolando para o lado para observar sua doce respiração de Goran.

Aqueceu seu coração, mesmo que ele fosse louco, louco, pensar que Lucija iria aprová-lo.

Pelo menos seu espectro disse sim.

Ele frequentemente se perguntava se a tinha irritado mesmo quando não estava mais apegado a ela.

Agora, ele sabia que ela não apenas entendia, mas o amava mais por suas escolhas.

Isso acalmou seu coração e mente.

Ele não tinha percebido o quanto isso pesava em sua consciência, mas agora ele estava em paz com isso.

Suspirando, ele sentiu Katarina tentar dar-lhe água para beber.

Ele tomou um gole lento, sentindo uma dor na cabeça por causa da experiência e da bebida forte anterior.

Então ela o alimentou com caldo.

Ele pegou toda a comida que ela ofereceu, permanecendo em silêncio, vigilante.

CAPÍTULO LI

Kristina parou o cavalo.

Ele desceu com cuidado e deixou o cavalo vagar pela pequena clareira.

Os cães ficaram com o cavalo, seus flancos latejando mais uma vez com o esforço, as línguas para fora.

Ela caminhou até as margens do pequeno lago e entrou na água, guiada pelo luar fraco que agora estava refletindo nela.

Sem se preocupar com as roupas, ela encontrou as sanguessugas que procurava.

Pegando-os com cuidado, ela os colocou no pequeno caldeirão que trouxera com ela para esse propósito.

Tomando um gole d'água da bolsa depois de cumprida a missão, ela fez questão de que os animais tomassem banho para relaxar e saiu para pegar o cavalo mais uma vez para a viagem de volta.

CAPÍTULO LII

Quanto mais longe os vampiros voavam, mais irritado Vladimir ficava.

Mas agora, a raiva voltou-se contra si mesmo.

Como ele poderia ter sido tão imprudente, descuidado em sua fala e afeto por ela?

Ele havia feito uma promessa antes, quando a tivesse ao seu lado novamente, que a estimaria.

Quão rápido ele o quebrou.

Idiota! Ele murmurou.

Ele iria reparar o dano e fazer melhor da próxima vez.

Eu só esperava que houvesse uma próxima vez.

Porque sua Kristina era gostosa, mas ela também era muito inocente; ele raramente viajava para fora de sua aldeia antes de encontrá-la.

Ele esperava que ela não estivesse perdida, que seu cavalo não tivesse perdido uma ferradura, ou que ele não tivesse topado com alguns rufiões ou bandidos com a intenção de machucá-la.

Ele se movia cada vez mais rápido, fazendo com que Stjepan lutasse para acompanhá-lo.

Olhando para o horizonte, ele ficou horrorizado ao descobrir que o amanhecer se aproximava.

Enquanto o céu ainda estava completamente preto, os tons de azul mudos mudavam rapidamente a cada minuto que passava.

Ele tinha que encontrá-la em nenhum momento.

Ele tinha que fazer isso, ele não poderia procurar por mais de uma hora.

Como ele pôde ser tão tolo?

Seus olhos procuraram freneticamente por pequenas formas no chão, vermes e roedores na beira da estrada.

Ele aguçou os olhos em busca de novas pistas, mas sabia que era inútil, não apenas a estrada era bem percorrida, mas a tempestade havia apagado sua jornada anterior.

Vladimir sabia que precisava ter cuidado para não cair do céu por causa de suas distrações.

Stjepan ligou para ele.

Um cavaleiro solitário com sombras trotando ao lado dele estava se aproximando rapidamente.

Vladimir sabia instintivamente que era Kristina.

Ele e Stjepan desceram rapidamente para aguardar a abordagem.

Kristina se assustou com sua aparição repentina no céu e fez o cavalo parar abruptamente.

Calculando mal na parada repentina, ele quase caiu em cima dela, mas de alguma forma ela conseguiu se manter sentada.

Rígida e orgulhosa, seu corpo ereto, ela observou com cautela enquanto os vampiros cruzavam a distância até onde ela estava sentada.

Stjepan estendeu a mão para agarrar o freio, impedindo qualquer tentativa de passar correndo como se essa fosse sua intenção.

Ela olhou para eles pensando o quão pouco a conheciam.

Vladimir chegou ao outro lado e a tomou nos braços.

Ela sentiu que o abraço dele era amoroso, mas não riu como antes, quando sentiu algo assim.

Mesmo em seus braços, ela permaneceu rígida.

Vladimir sorriu com o desafio contínuo dela.

"Minha Kristina, está tudo bem. Não fiquei zangado com você, com suas palavras ou suas ações. Me senti impotente e isso não acontece comigo normalmente! Sou um homem de ação e a inatividade não me cai bem. Amor, sinto muito."

Vladimir ficou em silêncio após seu discurso na esperança de que ela respondesse sem ficar com raiva.

Ele realizou seu desejo.

Kristina suspirou.

"Minha querida, eu só queria ajudar. As sanguessugas, as sanguessugas vão ajudar. Devem! Não sei de outra forma."

Ela falou tão suavemente e relaxou em seu abraço.

Ele a segurou até que ela gritasse:

"Sanguessugas! Tenha cuidado!"

Suas mãos embalaram o caldeirão para evitar que entornasse.

Eles não podiam perder tempo voltando para a clareira.

Kristina também notou a iluminação no céu.

Vladimir e Stjepan rapidamente decidiram que Stjepan voltaria montado no cavalo e que Vladimir viajaria com Kristina pelos céus.

Ele tentou prepará-la para a perda de gravidade da melhor maneira que pôde antes de se lançar no ar.

Ela engasgou com a falta de peso e fechou os olhos com força.

A velocidade vertiginosa poderia tirá-lo do equilíbrio e do precioso caldeirão.

Logo, eles alcançaram o portão de Stjepan.

Dando uma olhada rápida para ver Stjepan ainda a um quilômetro de distância, eles correram para dentro.

Os dedos do amanhecer apareceram, em lindos tons de rosa e laranja, mas eram muito mortais.

Vladimir foi para onde sabia que Stjepan guardava os caixões.

Kristina para as escadas.

Ele queria ir com ela, mas sabia que não poderia.

Dolorosamente, ele se afastou dela, por mais que seu coração e corpo quisessem ficar ao seu lado.

Ele sabia que assim que se levantasse, ele estaria com ela e esse pensamento o fazia seguir em frente.

Kristina correu escada acima, ignorando os retratos desta vez e o corrimão detalhado em sua pressa para chegar a Goran e Anđelko.

Ele parou na porta quando viu que Anđelko não estava mais inconsciente.

Joy iluminou seu coração com a visão.

Enquanto recuperava o fôlego e tentava esquecer a pontada na lateral do corpo, ela entregou o caldeirão para Katarina.

Ela o colocou na mesinha ao lado da cama de Goran enquanto Helena trazia água para Kristina.

Quando ela estava suficientemente reabastecida, ela caminhou até o caldeirão e levantou o pano com o qual havia selado hermeticamente as sanguessugas.

Pegando um, ela soltou um miado de surpresa quando pegou seu dedo.

Percebendo que precisava trabalhar com cuidado e conveniência, ele ignorou a gota de sangue que se formou ao reajustar a sanguessuga e rapidamente a colocou perto do ferimento na cabeça de Goran.

Ela se movia de um lado para o outro dessa maneira, sem saber como seu sangue se misturava com a ferida parcialmente aberta no corte recente de Goran na cabeça de Goran.

Ninguém percebeu isso.

Quando ela terminou, ela estava exausta.

Ele deixou-se cair na cadeira e comunicou às mulheres sobre o seu encontro com Vladimir e Stjepan.

Ele garantiu a Katarina que Stjepan já estava à vista quando eles entraram na casa.

Katarina suspirou de alívio.

Ele sabia o quanto teria ficado se algo tivesse acontecido com Stjepan.

Gabrijel entrou na sala e insistiu para que todas as mulheres descansassem.

Ele cuidaria de Goran e Anđelko, que silenciosamente observavam e seguravam a mão de Goran.

Mãos que não estavam mais amarradas, pois não era mais necessário.

Kristina reuniu suas forças uma última vez para eliminar as sanguessugas gordas e cheias de sangue.

Assim que terminou, ela deu uma olhada em seu trabalho e, satisfeita com a respiração uniforme de Goran e um leve resfriamento em sua testa, ela desabou mais uma vez na cadeira.

Ela não iria embora, apesar dos protestos de Gabrijel, preferindo dormir ali.

Percebendo que sua comoção não a moveria, ele permitiu que ela descansasse.

E enquanto descansava, seu dedo inchou um pouco e começou a ficar roxo.

Ainda assim, isso também passou despercebido.

DÉCIMA PARTE
GABRIJEL

CAPÍTULO LIII

Stjepan desmontou do cavalo e correu em direção à mansão, os primeiros raios de sol batendo em seus calcanhares.

Ele bateu a porta quando pequenas faíscas de luz começaram a atingir seus sapatos, onde seus pés estavam brevemente empolando com o contato.

Ele deu um suspiro de alívio enquanto descia as escadas para onde os caixões descansavam, sabendo que seus pés se curariam enquanto dormia.

Vendo que Vladimir já estava ocupando um, ele deslizou para outro, mentalmente movendo a tampa de volta no lugar.

Ele se deitou e fechou os olhos.

Seu último pensamento antes de adormecer, de esperança, de que tudo daria certo.

"Stjepan?" Ele ouviu o sussurro de Vladimir em sua mente.

Ele suspirou, sabendo o que estava em seus pensamentos.

"Muito bem, Vladimir. Vou lhe contar o que sei sobre a morte de Đurđa."

"Obrigado Stjepan. Às vezes meus sonhos me assombram e eu saberia se ele descansasse com calma."

Murmurando imprecações por perder o descanso, por não abraçar Katarina e por voar pelo campo em missões malucas porque Vladimir não conseguia controlar sua esposa, Stjepan começou sua história.

CAPÍTULO LIV

Noventa anos atrás ...

"Eu estava me alimentando de um camponês local quando percebi que algo estava errado. Meus ouvidos formigaram com os perigos percebidos em volta. Tentei ignorar, mas isso interrompeu minha concentração por tempo suficiente para que eu tivesse que selar a ferida no jovem com aquele que me cruzou e me lançou aos céus em um esforço para localizar a origem do lamento raivoso. Isso não era dor, mas indignação feminina. Como você sabe, eu ainda estava aprimorando minhas habilidades de escuta, distinguindo entre aqueles que precisavam de meus serviços. e quem se comportou como humanos geralmente se comportam. "

Seus gritos eram profanos. Eles permeavam o ar, cheirando-a com seu terror. Foi então que percebi que eles ainda estavam a vários quilômetros de distância. Uma sensação de pavor que eu nunca havia sentido tomou conta de mim! Đurđa estava em Duće ao seu lado na sua aldeia à beira-mar, tendo saído com você na semana anterior. Entrei em pânico, posso admitir isso agora e perdi a concentração e caí no chão, retorcendo o cotovelo. Isso não me deteve e atirei em direção à sua aldeia. "

"O que eu enfrentei lá ..."

Stjepan estremeceu no intervalo.

As memórias daquela noite fatídica se desenrolaram em sua mente.

Memórias que ele reprimiu por medo de deixá-lo louco.

Memórias que alimentaram seu ódio por Vladimir.

Memórias carregadas de sua própria culpa por não ser capaz de salvar Đurđa.

Memórias de seus fracassos como irmão, como amigo e como homem.

As lágrimas formaram gotas puras e cristalinas que caíram por seu rosto.

Seus soluços silenciosos estavam fazendo seu abrigo ressoar de angústia.

Vladimir, silencioso e imóvel em seus próprios pensamentos, compartilhou a empatia da tristeza com sua mente e tocou a alma ferida de Stjepan.

Ele não procurou sondar enquanto Stjepan estava mergulhado na angústia, mas para curar as pequenas fissuras em seu cérebro que aquela noite escura havia criado e que alterou Stjepan como homem.

Ele podia ver o dano causado, os neurônios torcidos, as sinapses quebradas que responderam à morte de Đurđa.

Mandando cautela ao diabo, ele se levantou de sua própria sepultura para ir para a casa de Stjepan.

Ele empurrou a tampa de lado e subiu com o vampiro chorando.

Fechando a tampa mais uma vez, ela colocou os braços em volta de Stjepan, enviando-lhe uma luz curadora.

Sua energia entrou pelo braço esquerdo de Stjepan e viajou para o norte, passando por ossos, tendões, tecidos e músculos.

Ele traçou os caminhos de seu sangue, circulando ao redor de sua coluna, passando por seu cerebelo até o córtex cingulado anterior para inspecionar o dano.

O calor invadiu o ser de Stjepan, que foi reparado e concentrado enquanto Vladimir investigava.

A luz era verde pálido com um toque de lavanda, seus pequenos botões começando com o início de uma fissura interrompida e movendo-se para a massa emaranhada abaixo.

Lentamente, a superfície se suavizou e as sinapses mortas ganharam vida.

Os breves pulsos eletromagnéticos que Vladimir estava empregando renovaram a vida nas partes subnutridas do cérebro de Stjepan.

Por muito tempo, eles descansaram juntos enquanto Vladimir direcionava a luz para consertar os danos.

Stjepan estava inativo enquanto sentia os efeitos residuais da dor que desaparecia.

Esta não foi uma tentativa de apagar as memórias, mas de curar as terminações nervosas irregulares que estavam desgastadas.

Os pulsos verdes representavam crescimento, uma regeneração da estimulação do tecido.

A lavanda ajudaria Stjepan em sua cura espiritual.

Vladimir sabia que deveria primeiro ter pedido permissão a Stjepan, mas não suportou mais a dor de seu sofrimento e resolveu resolver o problema por conta própria.

Assim que sentiu que havia feito tudo o que podia, ele lentamente retirou a luz, tomando cuidado com o estado emocional de Stjepan.

Stjepan estava exausto com a experiência e suas revelações recentes, e por se sentir privado de luz.

Sabendo que ambos estavam além da resistência, eles pararam nas memórias para que pudessem descansar.

Stjepan mergulhou na agitação do sono com Vladimir ainda com os braços em volta dele confortavelmente.

CAPÍTULO LV

Anđelko continuou a manter os olhos em Goran.

Observando sua respiração, o menor movimento fez a testa de Anđelko franzir.

Ele foi cronometrado pelas inalações de Goran, rasas, trabalhadas.

Seu peito tremia com a pneumonia e a tosse que ele periodicamente sentia.

Anđelko se sentia tão desamparada agora como quando viu Lucija em sua doença.

Ele se levantou em seu braço para colocar um beijo suave nos lábios de Goran e sussurrar seu amor em seu ouvido.

O que mais ele poderia fazer?

Mas observe, ore e compartilhe sua proximidade.

Gabrijel movia-se graciosamente pela sala, apesar do volume.

Ele ajustou a colcha sobre Kristina e sorriu levemente quando ela gemia em seu sono.

Pensando que era apenas o cansaço dela de todo o passado, ele não notou a tênue evidência de suor em sua testa e lábio superior, a palidez acinzentada de suas bochechas, atenuada pelas cortinas fechadas.

Ele mudou-se para a cama de dossel para cuidar de seus dois enfermos.

Acenando para Anđelko, ele banhou o rosto, pescoço e peito de Goran com água fria.

Ele ajustou a bandagem em sua cabeça e removeu as bandagens sujas ao redor de sua cintura, antes de aplicar novas.

"Durma profundamente, embora profundamente, Anđelko. A solução de Kristina parece surtir algum efeito. É muito cedo para dizer se o sangue de Lorde Stjepan misturado com o dela teve o efeito desejado. Mas durma."

Gabrijel sorriu tranquilizadoramente para Anđelko.

- Gabrijel, que Deus esteja com você em tudo o que está fazendo. Não sei como teria me comportado sem nenhum de vocês.

Anđelko falou suavemente, sua voz rouca de seus feitiços de choro.

Ele abaixou a cabeça como se fosse orar mais uma vez.

Ele descobriu que lhe trazia uma sensação de paz compartilhar seus fardos com Deus.

"Quer um pouco mais de caldo? Minha Helena faz as mais deliciosas sopas e caldos em quilômetros de distância."

Gabrijel adorava se gabar dos talentos de sua esposa - bem, aqueles que ele estava disposto a compartilhar com o mundo.

Ele pensou em manter sua língua talentosa para si mesmo.

Ele tinha uma expressão de saudade no rosto quando percebeu que Anđelko estava olhando para ele de forma estranha.

Ele teve que ajustar as calças por causa de sua reação óbvia à também me lembro da língua amorosa de Helena.

Anđelko soltou uma risada curta, lendo facilmente os pensamentos do homem enquanto corava.

Isso ajudou a aliviar seu tormento interno por um momento. De repente, ele começou a rir e não conseguia parar!

As imagens que dançavam em sua cabeça dessas duas pessoas descontraídas desfrutando de prazeres sensuais eram boas demais para deixar passar.

Ele quase se dobrou de tanto rir e pediu desculpas a Gabrijel por sua resposta.

Anđelko veio para o seu lado.

"Meu amigo, se você soubesse como são os talentos de Helena, você não riria!" Gabrijel realmente compartilhou sua alegria.

Especialmente agora que parte da tensão deixou a sala desde sua chegada.

Gabrijel sabia o que ele tinha e não a deixaria ir.

Ele até lambeu os lábios lascivamente, para a alegria de Anđelko.

Oh, é bom rir!

Mesmo nessas circunstâncias, é bom, Anđelko pensou quando finalmente se acalmou.

Olhando para Kristina, ela não se importou, já que sua alegria momentânea não a incomodou.

Então ele estava feliz.

Ele a amava e não queria que seu descanso fosse interrompido.

De repente, ele saiu da cama para ir para trás da divisória decorada com flores e beija-flores.

Ele usou o mictório e depois lavou as mãos com a jarra e a tigela que estava lá para esse fim.

Feito isso, ele se mexeu pela sala por um minuto, mas percebeu que precisava ficar com Goran.

Vendo que a condição de Goran permanecia inalterada, o olhar de Anđelko vagou ao redor da sala, observando os móveis.

Ao lado da divisória havia uma arca de cedro polida e um grande espelho de corpo inteiro.

As cortinas eram decoradas com um rico brocado de safira que complementava o edredom em tons mais suaves.

As paredes de cor creme foram acentuadas com mais toques de azul.

Na verdade, toda a sala tinha uma infinidade de blues, dos travesseiros à cadeira em que Kristina se inclinou, como os porta-retratos.

Ele reconheceu um antigo Donatello italiano, Vladimir insistiu que ele estudasse bem.

Era uma sala aconchegante aos olhos de Anđelko.

Seus olhos se voltaram para Kristina enquanto ela se mexia na cadeira.

Ele franziu a testa.

Algo não estava vindo com ela.

Não era por causa dos cabelos, que ela não tinha amarrado e agora caíam sobre os ombros, nem por não conseguir dormir à noite.

Não, isso não foi tudo.

Anđelko colocou a mão no queixo e acariciou o início de seus bigodes enquanto olhava para a imagem que apresentava.

Havia algo estranho nessa imagem.

Ele ficou intrigado, mas, como Gabrijel, decidiu que só precisava descansar.

Ele decidiu que iria se juntar a ela enquanto ela dormia.

Seu corpo era uma massa de dores e hematomas e ele precisava de seu próprio tempo de cura.

CAPÍTULO LVI

A testa de Kristina estava queimando.

Ele lutou contra várias camadas de sono e febre, mas não conseguiu acordar.

Seus sonhos estavam cheios de criaturas míticas e a armadura do andar térreo tinha ganhado vida e a perseguia pelos corredores da mansão.

Em seu sonho, ele gritava freneticamente por Vladimir enquanto tentava fechar uma porta após a outra.

Ele imaginou que podia sentir o hálito fétido do cadáver da pessoa que outrora habitou a armadura.

Ele a perseguia implacavelmente e furtivamente.

Nunca se precipitando, apenas seguindo em frente, determinada em cada passo que dava.

Kristina estava sem fôlego, sua roupa parecia restritiva no corredor sem fim.

Ele viu uma porta parcialmente aberta no final do corredor e correu em direção a ela.

Não sendo cautelosa com o que poderia estar diante dela, mas sabendo o que estava atrás dela, ela correu de cabeça para dentro da sala.

Ela fechou a porta e trancou-a.

Com o peito arfando, de costas para a sala, ela fechou os olhos para respirar fundo.

A armadura começou a bater na porta sem sucesso.

Sabendo que precisava encontrar abrigo adicional, ele se virou e abriu os olhos para ... horror!

Ela estava presa em um matadouro, demônios ferozmente rasgando a carne dos aldeões gritando enquanto procuravam por seu sangue.

Ele viu seus pais, Andrej, tantos que ele viu sendo atacado.

Ela gritou, atraindo a atenção de uma bela jovem, com a boca pingando sangue ...

CAPÍTULO LVII

Vladimir sentiu o medo correndo em suas veias.

Isso o tirou de seu sonho.

Ele soube instintivamente que várias horas se passaram desde o amanhecer.

Pensando que era Stjepan que ela sentia medo no meio de seu sonho, ela viu que ele estava descansando pacificamente ao lado dela.

Algo estava errado, muito errado.

Sua consciência estava lidando com isso.

Ele projetou sua mente na mansão propriamente dita, procurando pela fonte.

Ao se aproximar da sala que abrigava os enfermos, sua sensação de pavor aumentou.

Ele mudou de forma para uma corrente de vapor, para passar desobstruído por baixo da porta, depois se transformando em uma sombra de si mesmo para não assustar os ocupantes com sua chegada.

Ela passou por cima da cama e viu que Anđelko e Goran estavam bem, ambos dormindo.

Suspirando de alívio, ele continuou.

Gabrijel havia feito uma espécie de cama com lençóis no chão para que Kristina pudesse descansar ao lado de Goran.

Ele ainda não tinha encontrado sentimentos de medo neles.

Ele se virou e viu Kristina dormindo profundamente.

Quando ele se aproximou dela, a sensação de pavor cresceu.

Ele franziu a testa para seus movimentos inquietos e então ela gritou!

Seus olhos febris se arregalaram, sem ver.

Ele se sentou abruptamente e remexeu na cama como se a estivesse atacando, gritando palavras ininteligíveis.

Seu rosto estava marcado de terror e banhado pela coloração opaca de uma pessoa doente.

Ele estava rapidamente ao lado dela, tentando capturar suas mãos em seu estado fantasmagórico.

Seus olhos assustados se fixaram nele, mas não o viram.

Ela viu Vladimir começando a cravar os dentes na lateral do pescoço de Andrej!

Ele tinha que salvar Andrej!

Nada mais importava no momento.

Ignorando todos os outros demônios, ele abriu caminho através da massa de corpos se contorcendo em direção a Vladimir.

Em sua mente, ela se viu implorando para que ele perdoasse Andrej.

E Vladimir!

Vladimir ergueu os olhos violeta e zombou dela por sua ingenuidade.

Ela agarrou seu braço, mas ele a sacudiu.

Ele avançou novamente, as garras alcançando sua saia.

Vladimir estava fora de si tentando entender os murmúrios incoerentes dela.

Ele pegou um "Vladimir", um "Andrej", um "... leva-me", mas não sabia o que fazer com tudo isso.

Afastando-se da surpresa momentânea e do desespero que as palavras dele causaram, ela se concentrou em encontrar a fonte de seus delírios.

Apesar de ela divagar e tremer, ele começou com a cabeça, passando os dedos por todo o lugar, tentando ver se tinha algum tipo de caroço.

Não encontrando nada dessa natureza ou qualquer corte, ele continuou a descer.

A essa altura, Gabrijel já estava ao seu lado, preocupado com o que estava presenciando.

Vladimir pediu-lhe mentalmente que trouxesse água e um pano limpo para tentar resfriar sua testa.

Gabrijel era cuidadoso em seu ministério, tentando evitar seus braços agitados.

Vladimir caminhou lentamente sobre suas roupas e seu corpo.

Ele finalmente encontrou seu dedo com sinais de infecção.

Seu espírito retornou imediatamente ao corpo físico e abriu a tampa sem demora.

Ele saiu do caixão e disparou para a sala em que Kristina estava.

Estourando pela porta, ele gentilmente trouxe a ferida aos lábios e começou a sugar os venenos que habitavam seu corpo.

Sem pressa, investigando como fizera com Stjepan, para sugar o sangue contaminado.

Uma conveniente escarradeira estava próxima, onde ele dispensava os humores infectados.

Ele estava satisfeito por ainda não ter se espalhado para seus órgãos internos.

Ele havia chegado na hora certa.

Ele continuou sua sucção suave, querendo deixar seu sangue livre de infecções.

Assim que terminou, ele selou a ferida.

Então ela abriu o pulso para levá-lo aos lábios.

O olhar atordoado havia sumido do rosto de Kristina e ela entendeu o que ele queria que ela fizesse.

Ela levou as próprias mãos ao pulso e pressionou-o mais perto da boca.

Ele engoliu alguns goles do sangue do vampiro.

Quando ela terminou, ela enxugou o fundo da boca enquanto ele fechava seu pulso.

Ela caiu exausta nas almofadas.

"Meu Vladimir, devo minha vida a você, obrigado." Kristina olhou para ele. "Não sei o que aconteceu, mas estou grato por você ter vindo. Por favor, sente-se comigo por um momento, enquanto eu recupero o fôlego."

Ele estendeu as mãos de seus lados e deu um tapinha no assento com uma delas.

Vladimir estava lutando com os pequenos fragmentos de luz que penetravam na sala, mas sabia que não poderia deixar Kristina sozinha agora, depois de seu comportamento naquela noite.

Se ele tomasse cuidado e ficasse longe das correntes de luz, com partículas de poeira perseguindo-o sem preocupação, tudo bem.

Ele a puxou para mais perto e a carregou para seu colo.

Ele a mimava como uma criança, acariciando seus cabelos e esfregando suas costas.

Eu estava feliz.

Ela se aconchegou em seu peito e enfiou a mão na lapela de seu terno.

Nenhuma palavra foi trocada entre eles agora que a crise havia passado. E nenhum foi necessário.

Kristina sabia que compartilharia seu pesadelo com ele mais tarde, se apenas para que ele soubesse o que ela sonhou.

Por enquanto, ela estava onde queria estar e estava segura.

CAPÍTULO LVIII

Stjepan acordou um pouco depois e descobriu que Vladimir não estava mais ao seu lado.

Sabendo que era seguro sair, ele deixou o porão escuro para procurar os outros.

Ele encontrou Helena e Katarina chegando à porta ao mesmo tempo que ele.

Sabendo que havia gente suficiente para cuidar dos que ainda estavam doentes, ele conduziu Katarina para um pequeno canto, enquanto piscava para Helena.

Ela riu de volta e os deixou no caminho.

Stjepan pegou Katarina nos braços e a observou arregalando os olhos verde-musgo.

Ele baixou os lábios nos dela, suavemente a princípio, uma carícia destinada a dizer a ela que ele tinha sentido sua falta.

Katarina afundou no abraço de Stjepan, seus lábios se separando para mostrar a necessidade de explorar.

Stjepan acalmou de bom grado sua ansiedade por vários minutos, em busca de todas as qualidades ocultas que a boca de Katarina representava.

Ela, por sua vez, embalou-o contra si, insegura das mudanças que sentia em seu corpo.

Eu nunca beijei ninguém assim antes.

Seus seios eram duros e pontudos.

Não foi uma sensação desagradável. No seu ventre estava a mesma emoção que sentiu quando a feira com os ciganos passou pela cidade e foi ouvir a sua sorte.

Aquela sensação de algo mais por vir, de possibilidades excitantes deixadas para o próprio destino.

Sua pele estava vermelha e outros lugares estavam quentes e úmidos.

Não, ela não entendia nada, mas sabia que Stjepan a ensinaria a entender.

Stjepan gemeu com a paixão desenfreada com que Katarina o beijou.

Se eu não fosse cuidadoso, isso iria além do que pretendia no momento.

Mas ela estava absolutamente linda em seus braços, confiando nele, desmoronando sob seu beijo.

Suas mãos correram por suas costas e acariciaram suas costelas.

Suas mãos pararam antes de tocar seus seios. Sabendo que ela era inocente e não entendia as relações que aconteciam entre homens e mulheres, ele a ergueu para caminhar até o banco.

Ele se sentou com ela em seu colo.

Seus lábios nunca quebraram aquele beijo ardente.

Ele se mexeu, percebendo que a havia colocado em uma posição bastante inconveniente.

Ele discretamente tentou movê-la para seu colo, de forma que seu lindo traseiro não roçasse sua grande dureza.

Ele só esperava que ela não percebesse suas explorações.

Katarina afastou os lábios molhados dos de Stjepan para mordiscar sua orelha.

Com sua respiração rápida, ela sabia que ele gostava dela.

Ele definitivamente gostava do que estava fazendo com ela.

Ele começou a sussurrar palavras de amor na lateral do pescoço dela, seus lábios se movendo contra a carne tenra.

O pulso com o sangue de sua vitalidade batendo como uma distração em seus ouvidos e sob sua boca.

Não com o desejo de perfurar sua carne delicada com suas presas, mas com a carnalidade por sua audácia.

Suas paixões crescentes ameaçaram seu controle lutando.

Eu queria fazer isso direito com Katarina.

Ele a queria como sua companheira de alegrias e companheira de tristezas.

E porque ele queria isso acima de tudo, ele sabia que precisava parar com isso agora.

Apoiando a cabeça na testa de Katarina, ela lutou para respirar.

Mostrando seus olhos caramelo, ele sabia que ela estava tão afetada quanto ele.

"Oh meu amor, como você me tenta tanto! Eu não quero nada mais do que devorar você aqui mesmo."

Ele passou os braços em volta dela ao dizer isso.

Katarina estava lutando com o próprio coração e com o sangue correndo em suas veias.

"Stjepan, eu te amo desde criança. Tenho esperado até o momento certo em que poderia estar com você. Você me negaria isso?" Ela implorou.

"Minha querida, eu não te nego nada. Peço que espere um pouco mais, eu imploro. Eu quero que você seja minha princesa, minha senhora. Eu te amo como nunca amei ninguém ou nada em minha vida! E eu te honraria esperando até que eu possa fazer isso acontecer. Você roubou meu coração. Eu faria qualquer coisa, qualquer coisa que você me dissesse! E vamos nos unir para sempre. Deixe-me falar com seu pai e fazer os arranjos. Você pode me dar três dias, certo? "

"Stjepan, você pode ter seus três dias. Mas eu prometo a você que não vou esperar além disso. Se eu não for seu companheiro de cama até lá, não serei responsável pelas coisas que pretendo fazer com seu corpo."

Katarina parecia um pouco presunçosa ao dizer isso, mas totalmente inflexível de que queria mais do que Stjepan poderia oferecer a ela agora.

"Agora venha aqui um minuto ..."

DÉCIMA PRIMEIRA PARTE
MIHAEL

CAPÍTULO LIX

Conforme as horas da noite se alongavam, todos ficaram vigiando ao lado da cama de Goran.

Helena reaqueceu a sopa e eles se fartaram.

Stjepan e Katarina finalmente se juntaram a eles, parecendo um pouco desgrenhados, mas todos mantiveram seus comentários para si mesmos.

Os dois trocaram olhares ferozes, mas mantiveram suas mãos e lábios para si mesmos.

Vladimir ergueu os olhos de seus pensamentos e perfurou Stjepan com o olhar.

Stjepan entendeu o que estava envolvido e acenou com a cabeça quase imperceptivelmente.

Ele inclinou a cabeça por um momento para organizar seus pensamentos, sabendo que iria revelar uma grande quantidade de dor que havia armazenado por tantos anos.

Ele se torturou sabendo que havia falhado com Đurđa.

E ele sabia que o que iria revelar agora também causaria dor a Vladimir.

Ele ficou tão incrédulo com o que Đurđa sussurrou para ele em seus últimos momentos, que bloqueou aquele conhecimento de sua mente.

Foi apenas por meio da intervenção de Vladimir horas atrás que ele percebeu completamente os eventos daquela noite longínqua.

Ele não sabia como ia dizer o que tinha a dizer, nem sabia como alguém reagiria a essa informação.

Ele orou para que Katarina e Kristina os ajudassem a curar e lidar com a dor da traição.

Porque era isso que ia ser.

Traição da pior espécie.

Ele havia tentado se preparar mentalmente e ao resto deles para esta traição.

Parte do motivo pelo qual ele empurrou Katarina de lado foi encontrar forças para a tarefa que tinha pela frente.

Suspirando mais uma vez e olhando nos olhos de todos, ele começou sua história.

"Isso é o que Đurđa me revelou ..."

CAPÍTULO LX

Noventa anos atrás ...

"Eu cheguei na porta da sua casa, Vladimir, e descobri que ela havia sido violada, quase arrancada das dobradiças. Anđelko estava inconsciente e amarrada, uma grande ferida na lateral de sua testa e Đurđa havia sido espancada e havia sangue nela, nas roupas dele. Cheguei um pouco antes de ele morrer ... "

Stjepan começou a chorar enquanto as imagens se repetiam em sua mente, assim como Vladimir.

Todos os outros estavam prestando muita atenção.

"Eu voei para o lado de Đurđa e a abracei com meus braços. Suas pálpebras se abriram e ela tentou falar. Foi tão difícil para ela, Vladimir, mas ela era tão forte. Um de seus olhos estava quase inchado e enegrecido. Hematomas se formaram ao redor dela. sua garganta, quase como se ela estivesse usando uma gola apertada e parecia que sua traqueia estava esmagada. Lágrimas escorriam do canto dos olhos, escorriam pelas faces e desapareciam em seus cabelos. Meu Deus, era como uma boneca! quebrada! Suas unhas estavam quebradas e ensanguentadas, ela lutou como uma gata selvagem. Suas roupas estavam em desordem. Ela havia sido horrivelmente atacada. "

Katarina abraçou Stjepan e agora todos choravam pelo que ele estava revelando.

"Ele tentou se sentar, mas não conseguiu. Algumas de suas costelas estavam quebradas e um de seus braços. Mesmo assim, ele tentou levar a mão à minha bochecha. Ele soluçou mais quando percebeu que não podia. Ele sentia dor por toda parte, não. havia uma parte dela que não era atormentada, espancada ou quebrada. Eu tentei silenciá-la, não falar, tentar conservar sua energia, seja o que for. Mas como você sabe, ela sempre foi muito teimosa Vladimir. "

Ambos os homens sorriram brevemente um para o outro, um lampejo de humor que ofuscou sua dor compartilhada por um momento.

"Oh Deus, ela era teimosa. Ela disse que mais cedo naquela noite ela lutou com você e que ela disse coisas terríveis, mas ela não quis dizer o que ela disse, Vladimir. Ela queria que você soubesse que ela sentia muito."

Stjepan ergueu os olhos novamente.

"Sinto muito, Vladimir. Fiquei tão furioso com a morte de Đurđa, que não pude dizer o que ela disse. Sei que estava errado. Essa foi a última coisa que me lembrei daquela noite, até que você usou sua luz de cura, mais cedo, em mim. . "

"Stjepan, eu não guardo rancor de você por suas ações. Eu te amo como sempre amei."

Vladimir falou com uma voz sincera enquanto captava o olhar de Stjepan.

"Obrigado Vladimir. Eu te amo como um irmão. Sempre amei. Fiquei oprimido pela minha culpa e raiva. E por mais que lamento ter sequestrado Kristina, e isso não teria causado dor a nenhum de vocês, isso nos ajudou a superar este ponto. É por isso que, eu não sinto muito. "

Vladimir se levantou silenciosamente de seu assento ao lado de Kristina para abraçar Stjepan.

Eles ficaram assim por um minuto.

Assim que o abraço terminou, Stjepan continuou sua história.

"Đurđa então me disse que estava atravessando o corredor quando a porta praticamente saiu das dobradiças. E de pé na frente dela estava ..."

CAPÍTULO LXI

Naquele momento, Goran se mexeu.

Os olhos vítreos e doloridos se arregalaram e Kristina correu para o lado dela, enquanto Anđelko pegava sua mão mais uma vez.

Ela acenou com a cabeça uma vez com satisfação, descobrindo que a febre tinha sumido.

Ambos ajudaram Goran a sentar-se um pouco nos travesseiros e Katarina trouxe um pouco do caldo curativo para ele.

Enquanto todos estavam impacientes para finalmente descobrir o que aconteceu com Đurđa, eles esconderam de Goran por enquanto.

Ele olhou em volta confuso.

"O que aconteceu?" Ele falou com sua voz rouca.

Anđelko se acomodou na cama e abraçou Goran gentilmente, com a cabeça apoiada no peito de Anđelko.

"Meu amor, você foi atacado por Stankov. Ele não existe mais. Os cães e eu o mandamos para o mar. Você estava com febre e está inconsciente desde a noite passada. Oh, eu temia por sua vida! Eu orei e chorei e fiquei ao seu lado todo o tempo".

Anđelko aumentou seu abraço um pouco mais intensamente nele.

Ele não estava preparado para contar a Goran como ele desmaiou, ou como tentou morrer, pensando que Goran havia morrido.

Ainda não, de qualquer maneira.

Ele tinha certeza de que nenhum dos outros diria nada também.

O que aconteceu entre os amantes continuaria assim.

Acima da cabeça de Goran, Anđelko piscou para todos em reconhecimento silencioso do serviço que haviam prestado a ela naquele dia.

Ele ainda tinha que superar seu próprio constrangimento sobre o colapso devido aos ferimentos fatais de Goran.

Mas haveria tempo suficiente para isso.

Todos ficaram preocupados com Goran por mais alguns minutos, enquanto Katarina mantinha os olhos e os pensamentos focados em Stjepan.

Ele sorriu quando todos o fizeram, mas ela sabia que ele estava lutando.

Era evidente em sua postura curvada e o tique nervoso que apareceu em seu olho esquerdo.

Saber que não estava ansioso para continuar sua história, mas que iria continuar mesmo assim.

Seu vampiro era um homem honrado, um homem valente.

Ela sabia há muito tempo e estaria com ele suportando o que quer que fosse apresentado a eles.

Ele era seu coração.

Kristina estava igualmente preocupada com Vladimir.

Ele não estava tão obviamente perturbado quanto Stjepan parecia, mas estava claramente lutando por sua compostura também.

Ele não sentia ciúmes pelo falecido Đurđa e pelos sentimentos compartilhados entre os dois.

Ela sabia que Vladimir era dela.

E ele tinha que saber que ela era dele.

Ela acariciou sua bochecha para deixá-lo saber que ela estava lá e ele apertou a mão sobre a dela, deixando-a saber que ele estava com ela em todas as coisas.

Assim que eles ficaram calmos novamente e Gabrijel ajudando Goran, Stjepan continuou.

CAPÍTULO LXII

Noventa anos atrás ...

"Diante dela estava Mihael ..."

Anđelko engasgou, Vladimir parecia atordoado, Stjepan acenou com a cabeça tristemente.

Vladimir sentiu como se sua alma tivesse sido brutalizada e seu coração arrancado do peito.

Mihael!

Por que ele faria tal coisa?

Como seu mentor pode tê-lo traído de forma tão horrível?

Ele olhou para Stjepan com olhos magoados, esperando para ouvir o que ele tinha a dizer a seguir.

CAPÍTULO LXIII

Noventa e cinco anos atrás ...

Mihael vinha visitando Stjepan há muito tempo.

Ele disse que estava lá para ajudar e assistir Stjepan em seu treinamento de habilidades, mas ele tinha um motivo mais sombrio.

Eu queria Đurđa.

Ele havia programado sua visita para coincidir com sua chegada para uma de suas visitas raras da escola.

Tendo ficado sabendo de sua chegada iminente por Stjepan seis meses antes, ele estava ganhando tempo.

Por algum tempo, ele havia pensado em como abordaria o assunto com Stjepan.

Ele sabia que tinha que ser cuidadoso com o jovem vampiro, conhecido por seu temperamento explosivo e precisão com seu florete.

Ele também sabia que a queria acima de todas as outras.

Então, eu estava calculando.

Ele era atencioso com ela, mas não abertamente.

Ele pediu sua opinião sobre questões financeiras.

Ele costumava passar as tardes na biblioteca com ela conversando sobre uma variedade de assuntos.

Mas, embora ela não o rejeitasse completamente, ela o estava realmente ignorando.

Ele ficou furioso com seus discursos suaves sobre frivolidade e seu desprezo por ele.

Uma noite ele começou a implorar e, à sua maneira bonita, ela o rejeitou.

Enfurecido por suas negativas, ele decolou, silenciosamente prometendo a si mesmo que um dia ele a faria pagar.

Ninguém, ninguém o tratou como ela ousou!

Ninguém!

Sua vaidade e orgulho despedaçados por seu desdém despreocupado.

Stjepan não entendeu por que Mihael abandonou abruptamente sua hospitalidade.

E Đurđa, em sua defesa, não havia percebido a seriedade de suas intenções e a alegada ofensa contra ele pela negação de suas afeições.

Ela não pensou em mencionar isso a Stjepan porque era um assunto pequeno para ela.

Ela tinha apenas dezessete anos na época e, como as garotas costumam fazer, estava mais interessada em moda e fofoca do que em considerar os sentimentos dos homens.

CAPÍTULO LXIV

Noventa anos atrás ...

"Meu querido irmão, Stjepan, não imaginei! Como poderia?"

Đurđa estava tentando fazer com que Stjepan entendesse seu ponto de vista, contando-lhe o que acontecera cinco anos antes.

"Oh, Đurđa, você não é culpado de nada. Você era mais jovem e muito mais inocente, como ainda é. E implorou a Vladimir quando tinha nove anos. Mihael não sabia de nada e Vladimir e eu rimos na época sobre seus pensamentos sobre o assunto. Não por machucá-la, querida, nunca isso. Apenas que você sempre foi impetuosa e impaciente. Mas você mudou rapidamente as coisas recentemente. E eu estava tão feliz em ver Vladimir retribuir seu amor por você. "

Stjepan passou a mão gentilmente pelo cabelo de Đurđa.

"Desculpe Stjepan ..."

"Você não tem nada do que se desculpar ou se envergonhar, Đurđa. Mihael nunca deveria ter feito isso! E então eu vou buscar minha vingança contra ele!"

"Stjepan, por favor! Ele vai matar você! E eu não aguentaria isso!"

Đurđa estava mais fraca agora em sua fala, quase um fio de vida.

"Você deve me prometer que não buscará vingança! Eu imploro!"

Seu apelo caiu em ouvidos surdos, enquanto Stjepan a embalava silenciosamente, tentando impedi-la de divagar.

Seus olhos começaram a perder o brilho enquanto ele sucumbia cada vez mais aos ferimentos.

E ele não queria ou precisava ouvir os detalhes do que Mihael tinha feito com ele.

A evidência estava diante de seus olhos.

E ele condenou o vampiro por toda a eternidade por encerrar uma vida tão vibrante.

Đurđa sabia que as últimas respirações estavam deixando seu corpo.

Estava ficando cada vez mais difícil respirar com o pulmão esmagado e pequenas gotas de sangue começaram a sair de sua boca.

Seus pés e mãos estiveram frios todo esse tempo e agora, dormentes.

Ela estremeceu deitada nos braços de Stjepan.

Ela já estava tendo problemas para se concentrar no belo rosto de seu irmão e sabia que não viveria para ver o belo rosto de Vladimir novamente.

Ele lamentou que suas palavras de despedida tenham sido de raiva e que ela o estivesse deixando para sempre, algo que ele jurou nunca fazer recentemente.

Ela fez uma última tentativa de falar.

"Eu te amo e amo Vladimir. Por favor, lembre-se disso. Vou para a morte amando vocês dois. Sem retaliação. Eu não quero ..."

E com isso Đurđa foi da vida que conhecemos para outra que só é falada em sussurros silenciosos e reverência.

Stjepan carregava o corpo dela, já sem vida, mais forte contra o peito, chorando por ela, enquanto o corpo dela ficava ainda mais frio em seus braços.

Ele balançou assim com ela por um longo tempo.

Ela não percebeu quando Anđelko acordou, ela não percebeu o passar do tempo, ela não percebeu o frio que impregnava a casa pela porta aberta.

Ele não percebeu quantas coisas que Đurđa havia revelado a ele começaram a escapar de sua mente consciente.

Mas ele sabia sobre a dor.

Uma dor profunda e aguda que se apoderou de sua alma.

E enquanto ele se sentava lá com ela, a amargura de sua morte fez seu coração endurecer contra Vladimir.

Vladimir era a causa, a raiz.

Ele havia destruído Đurđa.

CAPÍTULO LXV

"Sinto muito, Vladimir. Este conhecimento de Mihael e sua vileza se tornou um vazio em minha mente."

Stjepan recostou-se no sofá, exausto com as revelações.

Todos choraram pela forma como Đurđa morreu.

Lágrimas pesadas e respirações ofegantes pela traição de Mihael.

Principalmente porque Mihael continuava fazendo parte da vida de Vladimir e Stjepan.

Como ele havia tentado negociar a paz entre eles, implorando a um e depois ao outro alternadamente para se sentar e reparar o relacionamento.

Mihael era o responsável pela fenda, pela vileza e nunca havia dito nada.

"Por quê? Eu não entendo! Como Mihael pode ter nos traído assim?" Vladimir gemeu profundamente em seu abdômen. "Ele tem sido nosso professor, nosso guia, nosso mentor. Como ele pode trair essa amizade, a lealdade com que o servimos todo esse tempo?"

"Não sei, meu amigo. Sei que gostaria de não ter bloqueado isso em minha mente. Sei que gostaria de nunca ter te afastado. Sei que lamento profundamente meu comportamento."

"Ah Stjepan, não foi você quem prejudicou nossa amizade! Foi Mihael! Vejo isso muito claramente. E ele vai pagar por isso. Mesmo que não faça mais nada na minha vida, juro que vai pagar pelo que fez." Vladimir rosnou baixo em sua garganta.

O resto da noite foi gasto fazendo planos para a eventual morte de Mihael.

Perto do amanhecer, todos se jogaram em suas respectivas camas, ainda sem um resultado final acordado.

Mas havia esperança.

Principalmente porque Mihael não tinha como saber o que acontecera na semana anterior.

Ele tinha anunciado a Stjepan e Vladimir separadamente que ficaria na Holanda por um ano e isso foi há cerca de três meses.

Portanto, eles sabiam que teriam tempo e oportunidade para se preparar para a próxima batalha.

E sabendo que planejavam destruir seu mentor, eles se uniram novamente com um objetivo comum.

Mas essa é outra história ...

FIM

222